SAUERLÄNDER

Carla Maia de Almeida

BRUDER WOLF

Aus dem Portugiesischen von Claudia Stein

Mit Illustrationen von António Jorge Gonçalves

SAUERLÄNDER

GOVERNO DE PORTUGAL | SECRETÁRIO DE ESTADO DA CULTURA

Mit Unterstützung der Generaldirektion
für Bücher, Archive und Bibliotheken/Portugal

FSC www.fsc.org
MIX
Papier aus verantwortungsvollen Quellen
FSC® C014496

Erschienen bei FISCHER SAUERLÄNDER

Die portugiesische Originalausgabe erschien 2013 unter
dem Titel ›Irmão Lobo‹ bei Planeta Tangerina, Portugal

The author is represented by Bookoffice
(http://bookoffice.booktailors.com/)

Umschlaggestaltung: Norbert Blommel, Vreden,
unter Verwendung einer Illustration von António Jorge Gonçalves
Satz: Fotosatz Amann, Memmingen
Druck und Bindung: GGP Media GmbH, Pößneck
Printed in Germany
ISBN 978-3-7373-5360-1

Für Micaela Maia, die im »heißen Sommer«
1975 geboren wurde und nie wieder aufgehört hat,
für die Revolution zu kämpfen.

CMA

The taste of love is sweet
When hearts like ours meet
I fell for you like a child
Oh, but the fire went wild

Johnny Cash, *Ring of Fire*

Kapitel I

Eine Zeitlang dachte ich, ich wäre in Kalkitos verliebt.

Aber das konnte nicht sein, denn ich war damals erst acht, Kalkitos dagegen so alt wie das Fossil, mein steinalter Bruder. Er hätte beinahe mein Vater sein können. Irgendwas stimmte hier nicht. Mehr als bloß irgendwas.

Zuerst einmal war ich, wie Blanche sagte, »zur falschen Zeit« geboren. Irgendwann begann ich, das zu glauben, ohne dass ich überhaupt begriff, was es bedeutete. Jetzt bin ich fünfzehn und habe mein ganzes Leben vor mir, und doch hatte ich noch keine Zeit, alles zu verstehen, was ich bisher erlebt habe.

Als ich acht Jahre alt war, bestand die Zeit aus den roten Zahlen der Mikrowelle, die in einer dunklen Ecke unserer Küche blinkten und sich dauernd änderten.

Die Zeit, das war Blanche, die frühmorgens geschäftig hin und her rannte; die mir meine Schuhe und meine Jacke anzog, dabei auf ihr Handy schaute und sagte: »Es ist schon spät, wir haben keine Zeit mehr.« Und dann hetzte sie noch mehr und ließ Toastkrümel auf den Boden fallen, wie bei Hänsel und Gretel. Krümel, die nicht zu einem Lebkuchenhaus führten, sondern tags darauf vom Staubsauger verschluckt werden sollten.

Wenn es kalt war, regnete oder die Sonne schien, hatte das mit der Jahreszeit zu tun. Jacken, Stiefel, Kapuze, Handschuhe, Schals, Sandalen, T-Shirts, Hosen, alles Arten, sich der Zeit entsprechend anzuziehen. Das verstand ich. Das war leicht.

Sogar wenn Schwarzer Elch auf dem Sofa vor dem Fernseher saß und mit zusammengebissenen Zähnen sagte: »Wir leben in unregierbaren Zeiten«, wusste ich, ob das gut oder schlecht war, allein schon an der Art, wie er den Sender wechselte. Gelangweilt, *zap*, ärgerlich, *zap*, *zap*, am Boden zerstört, *zap, zap, zap*.

Aber »zur falschen Zeit geboren sein«, nein. Das verstand ich nicht.

Schließlich ging ich zur Schule wie alle anderen

Kinder auch, trug Sandalen im Sommer und eine Mütze, wenn es kalt war. Und ich hatte ein Zuhause, genau wie alle anderen Kinder. Dort wohnten Blanche, Schwarzer Elch, das Fossil und Miss Kitty. Meine Familie. Meine Eltern und meine beiden älteren Geschwister. Es konnte nicht sein, dass sie alle in der richtigen Zeit lebten und ich in der falschen.

Doch es gab noch mehr Dinge, die irgendwie nicht stimmten:

- Unsere neue Wohnung war eigentlich alt.
- Blanche hatte drei Jobs und war immer schlechtgelaunt.
- Schwarzer Elch hatte überhaupt keinen Job und war ebenso schlechtgelaunt, vor allem, wenn er sich in den Mann aus Eis verwandelte.
- Das Fossil schloss sich stundenlang mit Kalkitos in seinem Zimmer ein, und sie lachten die ganze Zeit, aber weder Blanche noch Schwarzer Elch fanden das lustig. ·
- Miss Kitty war ganz anders als die anderen Mädchen ihres Alters.

Nur, damit ihr eine ungefähre Vorstellung habt.

Das Schlimmste war, dass ich Malik, unseren Husky, so schrecklich vermisste, seit er weg war. Genauer gesagt, seit er fortgeschickt worden war, weil er sich einfach nicht an die kleine Wohnung gewöhnen konnte. So lautete jedenfalls die offizielle Erklärung:

»Malik hat sich nie in der neuen Wohnung eingewöhnt.«

Ich betrachte die alten Fotos, wie er daliegt, die Vorderpfoten ausgestreckt wie eine Sphinx, mit heraushängender Zunge und halbgeöffnetem Maul. Er bleckte die Zähne, das war seine Art zu lächeln. Als Einziger von uns wandte er nie die Augen ab, wenn er fotografiert wurde. Diese blauen Augen, in denen ein wolkenloser Himmel strahlte.

(Durch welche Prärien rennst du wohl gerade, Blitzauge? Lass dein donnerndes Gebell erklingen, damit ich weiß, wo du bist.)

Malik. Für mich war er wie ein Totem, das den Stamm zusammenhielt und versuchte, sich in der Wohnung einzuleben, während er von seinem alten Tipi im Grünen träumte.

Auf den wenigen Fotos, die gemacht wurden, nachdem er fort war, wirken wir wie eine Handvoll Münzen, die in die Luft geworfen worden und kreuz und quer heruntergefallen waren, weit auseinander. Zum Beispiel das, auf dem Blanche mich anschaut, Schwarzer Elch den Himmel, das Fossil seine Turnschuhe und Miss Kitty eine dunkle Brille trägt und den Blick nach innen wendet, an Orte, die nur ihr allein vorbehalten waren.

Nach diesem Sommer, in dem alles in Brand geriet, tauchen wir fünf nie wieder alle zusammen auf den Fotos auf. Es war der Sommer der Großen Durchquerung der Todeswüste. Oder einfach der Sommer der Großen Durchquerung.

Ich erinnere mich daran, als wäre es gerade erst gewesen.

Kapitel 2

»Das Kind ist also der Zankapfel?«

Ich behielt die Worte im Mund wie ein Bonbon, das ich unfreiwillig hinunterschlucken sollte. Langsam zerkaute ich sie und versuchte zu verstehen, was sie bedeuteten. Worte, die schimmlig und seltsam schmeckten wie die Kekse, die Tante Prazeres auf den Kaffeetisch gestellt hatte.

»Bolota kann nichts dazu«, sagte Papa. »Sie wurde geboren, als sie an der Reihe war.«

»Bolota! Krümel – das ist doch kein richtiger Name!«, fiel ihm Tante Prazeres ins Wort. »Und wer kann dann etwas dazu?«

»Niemand. Wir beide. Dieses Land, in dem nichts vorangeht.«

»Red keinen Unsinn, João Miguel«, sagte sie nun und reckte ihren Brontosaurushals. »Eine Ehe geht nicht einfach so in die Brüche. Und Arbeit gibt es immer. Ihr habt geglaubt, das Geld fällt einfach so vom Himmel, und habt es für puren Luxus verschleudert. Und jetzt …«

»Ich bitte dich, Tante Prazeres, es ist schon spät …«

»Keiner hört gern die Wahrheit.«

Sie drehte sich zu ihrer Schwester um, einem Dinosaurier mit kürzerem Hals, der mit dem schwierigen Namen.

»An Arbeit fehlt es nie. Nicht wahr, Maria das Dores? Wie lange suchen wir nun jemanden, der sich um den Hof kümmert?«

»Bald drei Monate.«

»Wenn du gut zahlst, Tante, dann übernehm ich das.«

»Red keinen Unsinn, João Miguel. Ihr müsst euch wieder versöhnen, und du musst dir eine ordentliche Arbeit suchen.«

Und dann bekam ihre Brontosaurusstimme einen weinerlichen Tonfall: »Um Himmels willen, was soll bloß aus den Kindern werden?«

»Ach Tante, sie sind doch gar keine Kinder mehr …«

Tante Prazeres seufzte und schob den Teller mit den Keksen zu mir herüber. Ihre Hand war beinahe durchsichtig, mit lauter blauen Adern und goldenen Ringen, die ihre dünnen Finger festhielten.

»Willst du noch einen?«

Ich schüttelte den Kopf und schob mit der Zunge die Kugel fort, die ich aus dem letzten Keks geformt hatte. Dann zerdrückte ich sie an meiner Wange und spuckte sie heimlich aus, als gerade niemand hinschaute. Ich behielt sie noch eine ganze Weile in der Hand, bis Papa fragte, ob wir zur Toilette gehen dürften. Da sprang ich mit einem Satz vom Stuhl auf.

»Du musst nach oben gehen, die Gästetoilette ist kaputt. Heutzutage ist es wirklich eine Strafe, wenn man einen Handwerker braucht. Allesamt das reinste Diebspack, lauter Gauner. Maria das Dores, zeig ihnen den Weg.«

Aber Papa stand schnell auf und sagte, das wäre nicht nötig, er fände sich sehr gut im Haus zurecht, er hätte doch früher mit seinen Cousins hier gespielt, ob sie das nicht mehr wüssten?«

»Ach Junge, wie die Zeit vergeht … mir ist, als wäre die Kleine erst gestern geboren, und jetzt ist sie schon acht.«

Diesmal seufzte Tante Dores.

Es war komisch, mir Papa vorzustellen, wie er mit anderen Kindern spielte, denn Väter hatten kein Alter. Sie wurden als Väter geboren und fertig. Während ich darüber nachdachte, hätte ich beinahe den widerlichen zerkauten Keks auf den Teppich fallen lassen, aber dann konnte ich ihn gerade noch auffangen. Die andere Hand gab ich Papa, und wir stiegen die mit einem roten Läufer bezogenen Stufen hinauf.

Dort oben gab es Vitrinenschränke voller Tassen und Porzellanfingerhüte, glitzernder Löffel und kleiner Tierfiguren aus Glas, lauter Sachen, die ich noch nie gesehen hatte. Ich bekam Lust, dazubleiben und mit ihnen zu spielen, aber bestimmt waren die Dinosaurier so schlau gewesen, ihre Schränke abzuschließen.

Papa setzte mich vor der Toilettentür ab und sagte:

»Wart auf mich, bevor du runtergehst, verstanden?«

»Ja.«

Ich sah noch, wie er über den Flur ging und die Tür zu einem der Schlafzimmer aufmachte.

Dann wusch ich mir zweimal die Hände. Die Wasserhähne waren vergoldet und hatten die Form von Entenköpfen. Ich ließ das Wasser so lange laufen, bis alle Keksreste verschwunden waren, und trocknete mir die Hände an einem kratzigen Handtuch ab. Schließlich ging ich raus und wartete.

»Schon fertig, Bolota?«

»Ja. Was hast du gemacht?«

»Nichts. Lass uns gehen.«

Wir verabschiedeten uns mit Wangenküsschen, Papa bedankte sich für den Kaffee und sagte, es wäre wirklich schade, dass wir schon fort müssten, aber bei der Hitze wollten wir die kühleren Stunden für die Fahrt nutzen.

Die Tanten protestierten und sagten, dass es sich nicht gehörte, dass es eine Schande wäre, mich hin- und herzureichen wie ein Zigeunermädchen, dass eine Ehe für das ganze Leben wäre, und noch eine Menge anderer Dinge, die ich nicht verstand. Immer wieder wiederholten sie »die Wahrheiten, die Wahrheiten«, beinahe so, als wären das ihre Namen. Dann baten sie Gott und die heilige Rita, ihnen recht zu geben, aber Papa stieg einfach ins Auto, und wir fuhren los. Als ich mich umblickte, konnte ich nur noch zwei kleine schwarze Punkte sehen, die schon gar nicht mehr aussahen wie die gruseligen Dinosaurier von zuvor.

Kapitel III

Andere Familien sammelten Geburtstagsfeiern, Fotos von glücklichen Weihnachtsfesten, Ferien an der Algarve, Elektrogeräte, die alles konnten, und Rabattkarten von großen Supermärkten. Wir aber sammelten Spitznamen. Und Bankkredite. Das war die einzige Möglichkeit, unser ganzes Theater am Laufen zu halten.

Alles begann wegen Blanche, die in Wirklichkeit Celeste hieß, also die Himmlische – ein Name, den sie hasste.

»Meine Mutter war wirklich ein herzensguter Mensch, aber leider hatte sie einen sehr schlechten Geschmack«, beschwerte sie sich immer.

Noch nicht einmal, wenn Schwarzer Elch ihr den Arm um die Taille legte, sie auf den Hals küsste und sie »meine himmlische Celeste« nannte, zeigte sie irgendeine Regung.

»Du weißt, dass ich es nicht mag, wenn du mich Celeste nennst …«

»Genau deshalb tue ich es ja«, lachte er.

Manchmal hatte er damit Erfolg.

»Alter Dummkopf«, sagte sie dann, und das war für ihn ein Zeichen des Sieges. Die Zuschauer, meine Geschwister und ich, lachten mit ihnen und applaudierten lautlos.

Celeste wurde zu Blanche, damals, als sie nachmittags ins Kino gingen und im Dunkeln miteinander knutschten.

»Ich hätte Schauspielerin werden können mit diesen Augen … Aber mit dem Namen wäre ich am Ende in irgendeiner Laienspieltruppe in der Provinz gelandet.«

»Du hattest schon immer einen Hang zum Dramatischen«, murmelte Schwarzer Elch.

»Du dagegen bist eine ewige Komödie.«

Das Fossil erzählte mir, diese Streitereien hätte es früher nicht gegeben, das Leben wäre ganz anders gewesen, als er noch ein Einzelkind war und die beiden einfach nur »Papa« und »Mama«. Damals, als es nur ein einziges Telefon im Haus gab und einen Schwarzweißfernseher. Einmal im Monat, nach dem

Zahltag, waren sie ins Chinarestaurant gegangen und hatten eine »Glückliche Familie« bestellt und zum Nachtisch gebackene Bananen. »Das war immer der tollste Tag der Welt«, erklärte er.

All das waren Dinge, an die sich nur ein Fossil erinnern konnte.

Kapitel 4

Papa hatte gesagt, wir würden auf eine Expedition gehen. Das erzählte er mir, statt mich vor der Tür der neuen-alten Wohnung abzusetzen, mit dem Pucca-Rucksack voller schmutziger Wäsche, so wie nach den anderen Wochenenden, die wir miteinander verbrachten.

Auf-eine-Expedition-gehen war so ähnlich wie ein Abenteuer erleben, bloß gefährlicher und mit mehr Überraschungen.

»Wir werden an Orte kommen, wo noch nie zuvor ein Mensch gewesen ist, bis wir schließlich unser Schicksal finden«, sagte er mit der tiefen Stimme eines Indianerhäuptlings. Ich bekam eine Gänsehaut, aber ich hatte keine Angst, denn wenn Papa in der Haut von Schwarzer Elch steckte, gab es nichts, bei dem er nicht weitergewusst hätte.

»Was ist Schicksal?«

»Das ist der Ort, wo wir hingehören. Unser Zuhause.«

»Aber wir haben doch schon ein Zuhause.«

»Nicht dieses. Unser richtiges Zuhause hat Wurzeln wie ein Baum.«

»Ist es sehr weit weg?«

»Ziemlich weit.«

»Und wie kommen wir dorthin?«

»Mit unserem Instinkt.«

Ich kapierte überhaupt nichts.

Zum Glück hatte ich den Fliegenden Hasen mitgenommen. Wir konnten ihn immer fragen, welche Richtung wir einschlagen sollten, wenn wir unser Schicksal aus den Augen verlieren würden. Er sprach mit den Ohren, man musste nur aufmerksam hinschauen, und *zack* – antwortete er, indem er sie nach links oder rechts bewegte.

Dann fuhren wir hinaus auf die Landstraße und ließen das Viertel hinter uns, in dem die neue-alte Wohnung lag, ganz ohne Wälder und Prärien drum herum. Nur Häuser und noch mehr Häuser, alles neue-alte, die alle genauso aussahen wie unseres.

Unterwegs hielten wir an, um Proviant zu kaufen, und machten zusammen die Einkaufsliste: eine Tüte

Chips, ein paar Sandwiches, Bonbons und kalte Getränke. Und Tabak für die Friedenspfeife von Schwarzer Elch.

Ungeduldig klebte ich mit der Nase am Autofenster und wartete auf ihn. Ich mochte den Geruch des Benzins, metallisch und kalt, als ob kurz vorher eine Rieseneidechse vorbeigekommen wäre, auf der Suche nach kleineren Tieren, die sie fressen konnte.

Papa kam aus dem Geschäft und stellte die Tüte mit dem Proviant auf den Boden. Ich hörte, wie er laut in sein Handy sprach und dabei hin und her lief und mit der Hand auf sein Bein schlug. Das musste irgendein Zaubertrick sein, einer von den schwierigen, denn als er zurückkam, war er ganz rot im Gesicht und schaute ziemlich ernst.

»Blanche schickt dir einen Kuss und wünscht uns viel Spaß.«

Ich nickte. Schwarzer Elch log nie. Er war der Anführer. Wenn er gelogen hätte, hätte er für immer aus dem Stamm verbannt werden können.

Wir fuhren wieder auf die Landstraße. Die anderen Autos überholten uns, aber Papa ließ als Einziger einen Arm aus dem Fenster hängen und hielt das Lenkrad nur mit der rechten Hand fest. Ab und zu schaute er aus dem Seitenfenster und schüttelte ärgerlich den Kopf: »Heuschrecken. Die machen alles kaputt!«

Ich verrenkte mir beinahe den Hals, aber ich konnte weit und breit keine einzige Heuschrecke entdecken, nur lauter Häuser, Fabriken und Restaurants. Das mussten gefährliche Tiere sein, wenn sie so viel kaputt machten.

Weil es nichts Spannendes zu sehen gab, fingen wir mit unserem üblichen Superquiz-Spiel an. Das hatten wir uns als Zeitvertreib ausgedacht, denn wir hatten eine lange Reise vor uns und mussten uns irgendwie beschäftigen.

»Ich wollte schon immer ein *truck driver* sein«, sagte Papa.

»Ein was?«

»*Truck driver*. Das ist Englisch.«

»Und was heißt es?«

»LKW-Fahrer. Aber auf Englisch klingt es viel cooler.«

Dann begannen wir mit den Fragen.

»Du fängst an, Bolota!«

»Okay. Ich hab schon was.«

»Na dann schieß los.«

»Wie heißen diese Dinosaurier, die so ähnlich aussehen wie die Frisur von Tante Dores?«

Papa bekam einen Lachanfall.

»Das ist eine richtig schwere Frage, Bolota!«

»Gar nicht. Du weißt es. Die mit diesem Ding auf dem Kopf, ein bisschen wie ein Schneckenhaus. So wie in dem Buch, das du mir geschenkt hast.«

»Ein Ding wie ein Schneckenhaus? Mal überlegen … ah, okay, ich hab's … das ist ein Pakizefalosaurus.«

»Genau! Pakifolosaurus!

»Pakizefalosaurus!«

»Richtig …«

»Jetzt bin ich dran«, sagte Papa. »Was ist der andere Name von Poseidon, dem Gott der Meere und Ozeane?«

»Neptun!«

»Stimmt. Du bist dran.«

Ich sagte nichts. Der komische Schimmelgeschmack kam mir wieder in den Mund, aber ich hatte nichts mehr zum Ausspucken.

»Papa … was ist ein Zankapfel?«

Kapitel V

Kalkitos war ein Junge aus besseren Verhältnissen, erklärte Blanche, aber Malik wollte nichts davon wissen. Kaum kam Kalkitos die Treppe zur Wohnung hoch, schon drückte Malik die Schnauze gegen die Tür, als ob von der anderen Seite die schwarze Pest persönlich im Anmarsch wäre. Sobald er ihn dann sah, machte er kehrt und flüchtete sich auf den Balkon, ohne ihn auch nur eines Blickes zu würdigen, ganz nach dem Motto: »Tun wir einfach, als gäbe es dich nicht.«

So war es schon immer gewesen, obwohl Kalkitos seit der Grundschulzeit mit dem Fossil befreundet war und immer noch zu Besuch kam, nachdem wir umgezogen waren. Und obwohl er ihm einmal einen Plastikknochen mitgebracht hatte, mit Geschenkpapier und Schleife und allem.

Malik hatte ihn nicht mal angerührt.

»Ich verstehe diesen Hund nicht«, sagte Blanche entschuldigend. »Er ist immer so nervös, seit wir in dieser Wohnung wohnen.«

Doch sie wusste, dass das gelogen war, denn selbst als er noch Platz zum Rennen und Spielen hatte, selbst als es anstelle eines Balkons voller Blumentöpfe einen Garten gab, hatte Malik Kalkitos geflissentlich ignoriert. Und er ließ bei ihm auch nicht sein artikuliertes Jaulen erklingen, eine Art Morsealphabet der Huskies – *auuu-huu-hu-auu-hu-huu* –, fast als könnte er sprechen.

»Dieser Hund ist immer so nett zu allen. Ich verstehe nicht, warum er dich nicht beachtet, Carlos Pedro. Er kennt dich doch schon so lange …«

Kalkitos zuckte mit den Achseln: »Er mag mich eben einfach nicht.«

Ich mag dich, Kalkitos, aber ich will dich nicht Carlos Pedro nennen, Kalkitos klingt viel schöner, ein Name, der Lust zum Spielen macht. Ich weiß, dass ich erst acht bin, aber ich mag dich wirklich sehr, im Ernst.

Das hätte vielleicht was gegeben, wenn ich damals alles gesagt hätte, was mir durch den Kopf ging.

»Na, Bolota, alles klar?«

»Alles bestens«, antwortete ich und klatschte mit meiner erhobenen Hand in seine.

Er lachte und verschwand im Zimmer des Fossils. Die beiden schlossen sich dort stundenlang ein, rauchten und hörten Musik.

»Macht mal ein bisschen leiser. Denkt doch an die Nachbarn«, schimpfte Blanche und klopfte ärgerlich an die Tür.

Im Nachhinein betrachtet war dies das geringste unserer Probleme.

Wirklich ernst wurde es, als Papa seine Arbeit verlor und das Geld zum Gegenstand der ständigen Streitereien wurde.

Blanche begann, sich zu verändern. Sie wollte plötzlich in allem die Beste sein.

Miss Kitty fing an, sich schwarz anzuziehen und in ihrem Zimmer merkwürdige Dinge zu essen, die sie nur für sich allein zubereitete.

Das Fossil zog die Kopfhörer nicht mehr von den Ohren.

Später fing auch Papa an, sich zu verändern. Ich meine, sich noch mehr zu verändern. Manchmal war er Schwarzer Elch, manchmal der Mann aus Eis, und ich wusste nie, wer zuerst nach Hause kommen würde; ob ich das Kriegsbeil oder die Friedenspfeife ausgraben sollte.

Wir veränderten uns alle, ohne genau zu wissen, wo das enden würde.

Und langsam dämmerte mir, dass wir vielleicht gar nicht in besseren Verhältnissen lebten.

50 EURO
100 EURO
200 EURO

Kapitel 6

Der Eulenmann nahm die Brille ab und zog die Augenbrauen hoch. Dabei ließ er die funkelnden Sachen, die auf der Ladentheke ausgebreitet waren, nicht aus den Augen. Seine Stimme kratzte in den Ohren: »Ich gebe Ihnen 850 Euro für alles zusammen. Das ist ein guter Preis.«

»Sie machen Witze«, sagte Papa. »So viel ist allein schon die Kette mit dem Medaillon wert.«

»Das wäre sie wert, aber …«

Er nahm die Kette mit spitzen Fingern, als wäre es eine Maus, die er gleich zum Frühstück verspeisen sollte, und setzte die Brille wieder auf.

»… aber es ist kein reines Gold. Sie hat nur 16 Karat.«

»Ja, aber die Ringe? Und das Armband mit den Edelsteinen?«

»Diese Stücke sind ein bisschen mehr wert. Obwohl das Armband schon ziemlich zerkratzt ist … Wie ich schon sagte: 850 Euro, das ist ein guter Preis. Noch dazu ohne die Zertifikate … ich kann Ihnen wirklich nicht mehr anbieten.«

»Das sind alte Familienerbstücke. Es gibt keine Zertifikate.«

»Ich verstehe. Aber Sie werden kein besseres Angebot bekommen.«

»Also gut. Ich bin in Eile.«

Der Eulenmann breitete seine Flügel aus und schob mit gierigem Blick alles zu einem Haufen zusammen.

Dann machte er die Registrierkasse auf, zählte die Scheine zweimal durch und gab sie Papa, der sie noch einmal zählte. Die Ringe waren so schön wie die, die ich im Haus von Tante Prazeres und Tante Dores gesehen hatte. Ich konnte nicht begreifen, warum Papa sie gegen diese Geldscheine eintauschen wollte, die alle gleich aussahen, total langweilig.

Nachdem wir aus dem Juweliergeschäft gekommen waren, stampfte Papa wütend mit dem Fuß auf.

»Alles Diebspack! Eine einzige Bande von Gaunern!«

Wir gingen zum Auto zurück und machten uns fertig zum Weiterfahren.

»In ein paar Tagen werden wir auf großem Fuß leben.«

»Was heißt ›auf großem Fuß leben‹?«, fragte ich.

»Das heißt, wir können alles tun, wozu wir Lust haben.«

»Können die Kleinen auch ›auf großem Fuß‹ leben?«

»Aber ja.«

»Darf ich dich was fragen?«

»Natürlich.«

»Schenkst du mir eine Kette mit Medallje?«

»Nein. Das ist was für Erwachsene … für alte Leute.«

»Lässt du mich dann wenigstens die Friedenspfeife mit dir rauchen? Nur mal zum Probieren.«

Er drehte sich zu mir um und runzelte die Stirn, so als hätte er mich gerade eben zum ersten Mal gesehen.

»Nein. Wenn du alt genug bist, kannst du deinen Körper ruinieren, wie du willst.«

Und dann befahl er mir, mich im Kindersitz gerade hinzusetzen und den Sicherheitsgurt richtig anzulegen.

»Und jetzt stell keine dummen Fragen mehr, sonst werf ich dich an der nächsten Tankstelle raus.«

»Du hast gesagt, auf großem Fuß leben heißt zu tun, worauf wir Lust haben. Und dass die Kleinen auch auf großem Fuß leben können.«

»Genug, Bolota.«

Wir fuhren weiter, und schon bald sah er wieder ganz zufrieden aus, trällerte seine Lieder vor sich hin und ließ immer noch den Arm aus dem Fenster hängen.

»Let the thunder roll and the lightning flash, I'm doing all right for a country trash …«

Ich fragte ihn, ob wir wieder unser Superquiz-Spiel machen wollten, doch er antwortete, er wäre müde und hätte nur noch Lust auf ein Sofa und etwas Kaltes zu trinken. Ich versuchte, mir die Zeit mit Häuser zählen zu vertreiben, aber sie huschten zu schnell vorüber.

»Papa, ist unser Haus im Dorf schön?«

»Wunderschön … es hat einen Garten, eine Terrasse, eine Schaukel …«

»Dauert es noch lange, bis wir ankommen?«

»Nein, nicht mehr so lange. Aber zuerst besuchen wir die Pomba Gira*, also die Tolle Taube. Du wirst sie mögen.«

---

* Pomba Gira ist eine afrobrasilianische Gottheit, die Sinnlichkeit und Begierde verkörpert.

Kapitel VII

Als wir in einem Haus mit Garten lebten, konnten wir spüren, wie die Erde unter uns bebte.

In der Schule habe ich gelernt, dass die tektonischen Platten immer in Bewegung sind und aus ihnen Gebirge, Erdbeben und Vulkane rund um unseren Planeten entstehen. Irgendwo habe ich gelesen, dass die Erdoberfläche sich bis zu zwölf Zentimeter im Jahr bewegen kann – genauso viel, wie ich in letzter Zeit gewachsen bin. Ich versuche, nicht daran zu denken, wenn ich für eine wichtige Klassenarbeit lerne; denn es ist schwierig, mich auf meine Zukunft zu konzentrieren, wenn ich mir vorstelle, wie der Boden unter meinen Füßen verschwindet.

Eine meiner Erinnerungen an unser altes Haus ist, wie ich als kleines Mädchen das Gras pulsieren hörte und spürte, wie es mich an Armen und Beinen kitzelte. Ich glaubte, das wären die Ameisen und andere kleine Tiere, die unbemerkt von uns Menschen unterirdische Städte errichteten. Mein Wissen aus Enzyklopädien hatte mich zutiefst geprägt.

Auch erinnere ich mich an einen Sommertag, an dem ich von einer Wespe gestochen wurde und wie am Spieß brüllte. Malik wurde ganz nervös von meinem furchtbaren Geschrei. Er kläffte wie verrückt, rannte wild im Garten umher und brachte die ganze Familie zur Verzweiflung.

»Dieser verdammte Hund! Aus, Malik!«

»Zur Strafe wirst du in die Hundehütte eingesperrt. Du wirst schon sehen.«

Miss Kitty sorgte für Ordnung und brachte uns alle zum Schweigen: »Lasst endlich den Hund in Ruhe, das ist seine Art zu sprechen!«

Dann fiel ihnen der Wespenstich wieder ein. Schwarzer Elch bestand darauf, eine der neuen Euromünzen auf den rosafarbenen Vulkan zu drücken, der mein geschwollenes Knie beinahe zum Bersten brachte.

»Meine Großmutter hat immer eine alte Escudo-Münze mit einem Taschentuch draufgebunden. Das war ihr heiliges Hausmittel gegen Wespenstiche«, erzählte er.

Und er versicherte mir, dass die Münze mir guttäte und außerdem auch noch Glück brächte. Blanche bezeichnete diese Idee als einen seiner »abergläubischen Anfälle«.

»Was für ein Unsinn. Einfach ein bisschen Alkohol drauf, und schon geht es vorüber.«

Ich heulte noch lauter, als Blanche mir einen Wattebausch auf den Stich tupfte.

Nicht nur versagte die große Medizin von Schwarzer Elch, obendrein brachte die Münze kein Glück; denn kurz darauf mussten wir umziehen.

Innerhalb von vierzehn Tagen säuberte, ordnete und verpackte Blanche unsere Leben. Papas Plattensammlung. Das Old-Country-Roses-Teeservice, ein Hochzeitsgeschenk der Tanten. Die elektrische Gitarre des Fossils und die Micky-Maus-Lampe von Miss Kitty.

Sie warf auch meine Babykleidung fort, stellte fest, dass sie schon zu verschlissen war und dass in unserer Familie auf absehbare Zeit niemand geboren würde: »Wer ist schon so verrückt, Kinder in diese Welt zu setzen?«

Papa und das Fossil halfen ihr, während Miss Kitty auf mich aufpasste. Besser gesagt, sie duldete mich in ihrem Zimmer, doch sie schnaubte dabei verächtlich und verdrehte die Augen wie eine angewiderte Katze.

Als das Haus sich schließlich in ein Labyrinth aus Tüten und Kisten verwandelt hatte, kamen die Männer vom Umzugsunternehmen und nahmen innerhalb von zwei Stunden alles mit, unter Blanches unerbittlichen Befehlen: »Los, los, los, Beeilung, ich bezahle Sie schließlich nicht dafür, dass sie hier tatenlos herumstehen wie die Kühe auf der Weide.«

Die größte Sorge von Schwarzer Elch war nicht das Geld, sondern dass die Nachbarn uns nicht sehen sollten. Es war, als müssten wir vor etwas fliehen oder als hätten wir unsere Möbel zusammengestohlen. Ich habe keine Ahnung wie, aber irgendwie kriegte er es hin, dass dieser und alle anderen Umzüge immer nachts vonstattengingen, als wären wir eine Familie von Gesetzlosen. Mit einem an der Tür angeschlagenen Steckbrief, auf dem stand: »Gesucht werden … tot oder lebendig, Belohnung: eine Million Dollar. Sachdienliche Hinweise an den Sheriff.«

Wir sagten unserem Tipi auf der weiten Prärie auf Wiedersehen.

Die Ameisen unterbrachen für einen kurzen Moment den Bau ihrer phantastischen Städte. Das Gras pulsierte noch ein letztes Mal. Die Bäume schwiegen, als wir fortgingen.

Unter unseren Füßen hatten die tektonischen Platten begonnen auseinanderzudriften, jede in eine unterschiedliche Richtung. Sie lösten ein Beben nach dem anderen aus. Die Erde war im Begriff, sich zu verändern. Und wir mit ihr.

Kapitel 8

Eigentlich war die Tolle Taube gar nicht besonders toll, und sie sah auch nicht aus wie eine Taube. Sie hatte einen Körper wie ein Vogel Strauß und ein Gesicht wie ein Wellensittich, das war nicht zu übersehen. Kaum waren wir aus dem Auto gestiegen, kam sie angehopst und umarmte Papa, machte: »Hiii! Hiii!« und gab ihm lauter Küsschen auf die Wange. Diese Küsse waren nicht wie die von Blanche, eher wie die von einem Wellensittich. Als würde sie Vogelfutter von einem Teller aufpicken – *pick, pick, pick.*

Und dann entdeckte sie mich.

»Wie niedlich, wie süß! Was für ein reizender Junge!«

»Es ist ein Mädchen!«

Die Tolle Taube wurde ganz rot. Sie musterte mich von oben bis unten, als wäre ich eine besonders schwierige Rechenaufgabe. Dann spitzte sie ihren Wellensittichschnabel, und drum herum bildeten sich lauter kleine Fältchen.

»Ach, entschuldige! Sie sieht wirklich aus wie ein …«

»Das sind die Kleider.«

»Und die Haare … so kurz.«

»Das ist praktischer. Und man braucht weniger Shampoo.«

»Ah … und wie alt ist … sie?«

»Bolota? Sie ist acht. Fast neun.«

»Bolota?!«

»Verzeihung. Darf ich vorstellen: Prinzessin Bolota von den Wäldern des hohen Nordens, Erbin des Donnervogelclans.«

»Und Freundin des Wolfstotems«, setzte ich hinzu.

Die Tolle Taube verdrehte die Augen und wandte sich an Papa:

»Oh! Was du immer so erzählst, Johnny.«

Das gefiel mir alles überhaupt nicht. Ich nahm das Kaugummi aus dem Mund und schrie:

»Er heißt nicht Johnny, er heißt João Miguel oder Schwarzer Elch, aber so dürfen nur wir ihn nennen! Und du bist gar keine Tolle Taube!«

»Bolota! Werd jetzt nicht frech!«, schimpfte Papa. »Bitte entschuldige, die Kleine ist müde von der Reise.«

»Sie kann sich gleich ausruhen«, antwortete die Tolle Taube scheinheilig. »Und wir erzählen uns, was es Neues gibt. Hast du deine Gitarre mitgebracht, Johnny?«

»Nein, die hab ich vergangenen Monat verkauft.«

»Ach! Warum denn?«

»Ich brauchte Geld für Zigaretten.«

»Du bist wirklich so was von bescheuert …«

»Ja, das bin ich. Aber ich kann tolle Ringe aus dem Rauch formen, willst du mal sehen?«

»Lass gut sein, nicht nötig. Sag mal, was ist das für eine Geschichte mit der Tollen Taube?«, fragte die Tolle Taube und legte ihre Stirn und den Mund gleichzeitig in Falten.

Nun sah sie aus wie ein schon ziemlich alter Wellensittich.

»Ach, vergiss es einfach. Lass uns was Kaltes trinken, diese Hitze ist ja nicht auszuhalten.«

»In Ordnung. Aber nachher bist du mir eine Erklärung schuldig.«

Und dann nahmen sie mich mit zum Café *Mein Traum*. Es lag direkt gegenüber auf der anderen Straßenseite.

Mein Traum

Kapitel IX

Von unserem Haus mit Garten zogen wir in eine Wohnung mit Balkon ganz in der Nähe, damit das Fossil und Miss Kitty nicht mitten im Jahr die Schule wechseln mussten. Malik bekam den Balkon für sich allein. Und wir bekamen ein Stück Meer, das man in der Ferne erblicken konnte, einen glitzernden blauen Ring zwischen Fingern aus Häusern und dem langen Arm der Autobahn.

Eines meiner Lieblingsfotos wurde dort aufgenommen: wir fünf auf unseren Strandhandtüchern und Malik unter der Markise, in einem der seltenen Momente, in dem wir ihn zur Ruhe bringen konnten. Er hasste die Hitze. Deshalb hatte er im Garten immer Löcher gegraben, in denen er sich abkühlen konnte. Der Balkon mit dem Zementboden brachte ihn zur Verzweiflung. Als der Sommer kam, ließ er überall dicke Flocken weißer Hundehaare zurück, vielleicht ja zu Ehren seiner Vorfahren – Wolfshunde, die Schlitten durch den Schnee zogen.

Außer der Tatsache, dass wir alle glücklich aussehen, haben wir auf diesem Foto noch etwas gemeinsam. Ich weiß nicht mehr, wessen Idee es war, aber wir haben alle zwei Streifen Niveacreme auf den Wangen, die aussehen wie eine Kriegsbemalung.

Blanche, im türkisblauen Badeanzug, mit Sonnenbrille und einem breitkrempigen weißen Hut, posiert wie ein Filmstar, wie immer. Schwarzer Elch schmiegt sich mit schmelzendem Blick an sie. Miss Kitty lacht und zeigt ihre Eichhörnchenzähne, sie hat noch keine Zahnspange. Das Fossil macht ein Victory-Zeichen und hält mich mit der anderen Hand am Fußgelenk fest wie ein störrisches Zicklein. Wir sind wirklich ganz schön albern. Sogar Malik hat eine weißbemalte Schnauze.

Noch war es nur ein Spiel. Aber der Stamm bereitete sich darauf vor, in den Krieg zu ziehen, und die Bemalung mit Niveacreme war nur eine Vorwarnung.

Dann zogen wir plötzlich mitten im Sommer in eine kleinere Wohnung. Und von dort wieder in eine andere. Unser Territorium schrumpfte, wie die

Lebensräume mancher wilder Tierarten. Es gab immer weniger Bäume, weniger Gras, weniger Himmel – und der glitzernde Meeresring wurde für immer weggewischt.

Nach jedem Umzug kam ein Zauberer und legte eine unsichtbare Decke über die vorherige Wohnung, und *puff*! – hatte sie sich mir nichts, dir nichts in Luft aufgelöst. Wenn wir nicht darüber sprachen, schien es die Probleme nicht zu geben. Wir hatten sogar ein paar Zaubersprüche, die unsere Umzüge stets begleiteten, nachdem der Schlüssel zum letzten Mal umgedreht wurde: »Das ist nicht das Ende der Welt.«

»Das Leben geht weiter.«

»Es könnte schlimmer sein.«

Ich war es leid, diese Sprüche zu hören. Und sie wirkten sowieso nie.

In jeder neuen-alten Wohnung, in die wir mit unserer Karawane von Möbeln und Kisten einzogen, wiederholte Blanche einen ihrer Lieblingssprüche, während sie versuchte, alles in den Zimmern zu verstauen: »Wenn dir das Leben übelwill, mach gute Miene zum bösen Spiel.«

Doch sie selbst machte immer seltener eine gute Miene.

Kapitel 10

Die Wohnung der Tollen Taube lag direkt über dem Café *Mein Traum*. Am nächsten Morgen mussten wir bloß die Treppe hinuntergehen, und schon waren wir da.

»Willst du noch ein Schokoladentörtchen?«, fragte sie mich zum dritten Mal. »Oder hast du vielleicht Lust auf etwas anderes?«

Ich wollte schon ja sagen, aber Papa war schneller: »Sie hatte schon genug Süßes. Und das auch noch zum Frühstück.«

»Aber die Kleine muss doch was essen«, beharrte die Tolle Taube. »Ihr habt eine lange Fahrt vor euch.«

»Sicher. Aber ich will nicht, dass sie Bauchschmerzen bekommt.«

Die Tolle Taube fand das nicht witzig: »Lass dir gesagt sein, dass meine Kuchen von einem vertrauenswürdigen Lieferanten kommen. *Mein Traum* ist bekannt für seine exquisite Qualität!«

»Schon gut, jetzt werd nicht gleich sauer … das sollte ein Scherz sein.«

»Bist du sicher, dass du nicht noch eine Nacht bleiben willst? Wir könnten ein Picknick am Fluss machen.«

Sie lehnte sich mit ihrem Arm an den von Papa und sagte mit einer Pandabärenstimme: »Weißt du nicht mehr, Johnny? Als wir noch ein Liebespaar waren, bist du immer in den Ferien hergekommen …«

»Natürlich weiß ich das noch.«

Allein bei dem Gedanken, dass wir vielleicht für immer hierbleiben würden, verging mir jede Lust auf Schokoladentörtchen.

Unsere Expedition war in Gefahr.

Und wenn Papa jetzt bei der Tollen Taube wohnen und wieder ihr Geliebter werden wollte? Dann würden sie mich zum Schlafen in dieses Zimmer voller Hexen und Gnome schicken. Manche von ihnen waren ja ganz niedlich, aber ein paar machten mir richtig Angst. Die Törtchen aus dem Café der Tollen Taube schmeckten wirklich gut, aber am

Ende würde sie mich noch zum Arbeiten in die »vertrauenswürdige Kuchenfabrik« schicken, und ich dürfte Papa nie wiedersehen. Und wenn ich eines Tages weglaufen könnte, wäre er schon sehr alt und würde mich nicht wiedererkennen und bloß sagen: »Nein, nein, ich bin Johnny, der Besitzer von *Mein Traum*. Ich habe noch nie was von Schwarzer Elch gehört. Gehen Sie, sonst rufe ich den Sheriff.«

Wie schrecklich!

»Ich würde furchtbar gern noch ein paar Tage hierbleiben, aber wir müssen los«, antwortete Papa. »Je früher wir mit den Arbeiten am Haus im Dorf anfangen, desto besser.«

»Ist es denn sehr renovierungsbedürftig?«

»Über den Winter sind bestimmt ein paar Ziegel abgefallen, aber ansonsten ist es super in Schuss. Es ist schon hundert Jahre alt, solide gebaut, ganz aus Stein, Granit, Edelhölzern … ich mache es wieder wie neu.«

»Wie lange bist du eigentlich nicht mehr dort gewesen?«

»Ein paar Jahre … ehrlich gesagt ganz schön viele Jahre.«

Die Tolle Taube seufzte.

»Das ist ein ziemlich großer Aufwand. Meinst du wirklich, es ist eine gute Idee?«

»Die beste Idee, die ich je hatte. Ich habe das Stadtleben satt.«

»Du bist ein großer Träumer, Johnny. Dein Mond steht in den Fischen und in Konjunktion mit Neptun … Und Neptun im Trigon zu deinem Aszendenten …«

»Da haben wir's. Jetzt fängst du schon wieder an mit deinen komischen Theorien.«

»Jedenfalls war es richtig, dass du dich getrennt hast.«

»So, war es das?«

»Ich habe es in deinem Horoskop gesehen. Mars im Löwen steht im Quadrat zu Pluto, und der durchläuft seit zwei Jahren das siebte Haus. Es war vorauszusehen, dass so etwas passieren würde.«

»Ach … was du alles weißt.«

Die Gefahr schien vorüber zu sein. Immerhin sprach sie jetzt nicht mehr mit der Pandabärenstimme.

»Andererseits, das Sextil von Jupiter und Venus im Geburtshaus, zusammen mit Uranus im Widder, das deutet auf Freiheit und neue Chancen in der Liebe hin.«

»Mögen die Sterne dich erhören.«

»Wenn du willst, könnte ich dein Jahreshoroskop machen. Dann könnten wir die astrologischen Transite fürs nächste Jahr sehen.«

»Mich kümmern mehr die Transite im Straßenverkehr. Aber auf der Rückfahrt komme ich wieder hier vorbei, und du machst mir das Horoskop.«

»Versprochen?«

»Natürlich. Ich will dir doch das Geld zurückgeben«, sagte er und gab ihr ein zusammengefaltetes Stück Papier, das sie in die Tasche steckte. »Hier ist meine Kontonummer, damit du es überweisen kannst.«

»Mach dir keine Sorgen wegen des Geldes. Das Universum hat mir damit eine Möglichkeit geschenkt, dir zu helfen.«

Papa lachte und trank seinen Kakao aus.

»Gehen wir. Ich ertrage diesen Fernseher nicht mehr. Diese verdammten Waldbrände, sie geben unserem Land noch den Rest. Bald ist nichts mehr davon übrig.«

Wir waren gerettet. Schwarzer Elch hatte das Duell mit Johnny Neptun gewonnen, und der Marslöwe hatte der Tollen Taube einen Schrecken eingejagt. Unsere Expedition konnte weitergehen. Wir waren schon ziemlich weit gefahren, als Papa sich zu mir umdrehte und sagte: »Du wirst sehen, Bolota. Diesmal wohnen wir in einem richtigen Hotel, mit Schwimmbad und allem.«

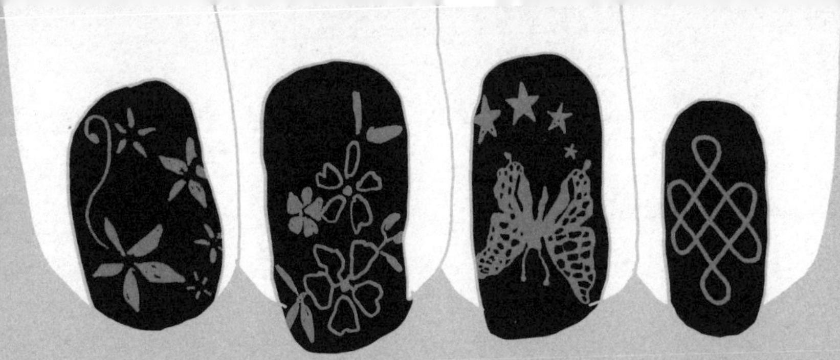

Kapitel XI

Blanche war eine Naturgewalt. Nichts konnte sie aufhalten.

Als die Agentur Papa feuerte, weil sie meinten, es wäre Zeit für frisches Blut, machte sie neben ihrer Arbeit im Schönheitssalon noch eine Ausbildung zur Nageldesignerin. Sie war überzeugt, dass Gelnägel bald groß in Mode kämen – und sollte recht behalten. Obendrein fand sie auch noch Zeit, selbstgemachtes Essen zu verkaufen. Es dauerte nicht lang, und die Kundinnen, die gerade von Blanche ihre Fingernägel mit Blumen, Pünktchen und Spiralen dekoriert bekommen hatten, bestellten auch noch ein Dutzend Krabbenpasteten bei ihr.

»Ach Celeste, mein liebes Mädchen, Sie haben wirklich ein außergewöhnliches Händchen …«

Blanche liebte es, »Mädchen« genannt zu werden,

auch wenn sie schon über vierzig war. Es hörte sich ganz schön komisch an.

Papa sagte immer, Blanche würde die wunderbare Vermehrung des Brotes vollbringen. So wie die heilige Königin Isabel, die an die Armen Brot verteilte. Als Dom Dinis, ihr Mann, sie fragte, was sie in ihrem Korb versteckte, antwortete sie: »Das sind Rosen, mein Herr.«

Das ist natürlich eine Legende. Obwohl es in Papas Geschichtsbuch als Tatsache verkauft wird, was beinahe genauso unglaublich ist, wie den eigenen Ehemann mit »mein Herr« anzureden.

»Wir müssen noch zum Supermarkt, mein Herr.«

»Heute bestellen wir Pizza für alle, mein Herr.«

»Das Benzin ist schon wieder teurer geworden, mein Herr.«

Vollkommen undenkbar, dass Blanche so redete.

Sie vollbrachte die wunderbare Vermehrung des Brotes, und es war viel besser, Brot zu vermehren als Rosen, die einfach nur schön waren. Auch wenn die Brote sich manchmal in Dornen verwandelten, der Beweis dafür, dass Blanche keineswegs eine heilige Königin war wie Isabel.

»Sie ist wirklich manchmal ganz schön jähzornig«,

klagte Papa, »aber ohne den Wirbelsturm Blanche wären wir geliefert.«

Das Fossil und Miss Kitty berichteten mir von der Geschichte, die er ihnen immer vor dem Einschlafen erzählt hatte, als sie noch klein waren: Sie handelte von einem Astronauten, der allein in einer Raumkapsel wohnte. Eines Nachts kam er an einem Stern vorbei, der auf keiner Karte eingezeichnet war. Dieser Stern strahlte so hell, wirklich so hell, dass der Astronaut fortan nur noch um ihn kreiste …

»… und der Astronaut würde bis heute allein im Weltraum umherirren, wenn er nicht das Glück gehabt hätte, seiner himmlischen Celeste zu begegnen. Und so haben wir uns kennengelernt, eure Mutter und ich. *The end.*«

»Noch mal, Papa. Erzähl doch noch mal.«

Mir hat er diese Geschichte nie erzählt.

Kapitel 12

Oben von der Straße aus konnten wir das Hotel mit dem Swimmingpool sehen. Es sah aus wie ein Palast, in dem Könige und Königinnen wohnten, mit einem Turm in der Mitte und vielen Feldern und riesigen Bäumen drum herum.

Wir fuhren den schmalen Weg hinunter, ganz langsam, und zogen eine Staubwolke aus gelber Erde hinter uns her.

Dann kamen wir zu einem Zaubertor: Wir mussten noch nicht einmal klingeln und sagen, wer wir waren.

Ein Mann, der ganz in Rot angezogen war, kam und hielt uns die Autotür auf. Dann nahm er meinen Pucca-Rucksack und die grüne Reisetasche von Papa, auf der ein Tiger mit Fallschirm abgebildet war.

Wir gingen hinein, und Papa lächelte das Mädchen an der Rezeption an. »Guten Tag. Ich möchte ein Einzelzimmer für zwei Nächte.«

»Guten Tag. Einen Augenblick, bitte«, antwortete sie und nahm das Telefon ab. »Hotel und Spa Vintage Valley, guten Tag.«

Papa strich mir übers Haar, während das Mädchen weitersprach: »Tut mir sehr leid, aber ich habe keinen Platz mehr für Gruppen. Ja, genau, wegen des Santa-Catarina-Festes. Ja, genau. Vielen Dank. Ja, sicher. Keine Ursache. Auf Wiederhören.«

Sie legte den Hörer auf und drehte sich zu uns um: »Guten Tag, tut mir leid, dass Sie warten mussten. Was kann ich für Sie tun?«

»Ich möchte ein Einzelzimmer für zwei Nächte«, wiederholte Papa. »Und ein Kinderbett dazu.«

»Für zwei Nächte habe ich leider nichts mehr. Nur noch eine Suite. Wegen …«

»Wegen des Santa-Catarina-Festes, ich habe es gehört.«

»Aber ich habe eine wunderbare Suite für Sie, mit eigenem Balkon. Und sogar noch ein Zimmer, aber es ist nur ein einfaches Zimmer in einem Nebengebäude, und ohne Frühstücksbüfett.«

»Wir nehmen die Suite.«

Es kam mir komisch vor, dass das Mädchen schon ein Hotel ganz für sich allein hatte, aber ich sagte nichts; denn ich hatte Angst, schon wieder etwas Dummes zu fragen. Vielleicht hatte sie es ja von ihren Eltern geschenkt bekommen, die Millionäre waren und in einem anderen Palast in der Nähe wohnten.

Ich ließ mich langsam auf den Boden rutschen und nahm den Fliegenden Hasen aus dem Rucksack. Er schmollte, das konnte man an den hängenden Ohren sehen. Bestimmt war er es leid, dass er ganz zusammengeknautscht herumfahren musste und seit der Nacht im Haus der Tollen Taube mit niemandem reden konnte. Dort hatte ich ihn als Wächter ins Zimmer gesetzt, wegen der Hexen und Gnome.

»Hier ist der Schlüssel. Soll ich den Wagen für Sie zum Parkplatz bringen lassen?«

»Nicht nötig, wir fahren gleich noch mal weg. Komm, Bolota«, sagte er und half mir mit einer Hand hoch.

Genau in dem Moment, als der Fliegende Hase mit den Ohren zu wackeln begann, um mir etwas Wichtiges zu sagen.

Kapitel XIII

Nicht genug damit, dass wir in jeder neuen Wohnung weniger Platz hatten, noch dazu fingen wir an, uns um das bisschen Platz zu streiten, das es gab. Schuld daran waren, so erklärte uns Schwarzer Elch, die Jäger des Gelben Metalls, die den Stamm in immer entlegenere Gefilde abdrängten.

Malik schnüffelte in allen Ecken, in der Hoffnung, irgendwo den Geruch von Erde und nassem Gras wiederzufinden. Einmal erwischten wir ihn dabei, wie er versuchte, eine Keksdose aufzubeißen, in der wir Blätter und Samen aus unserem alten Garten aufbewahrten: »Aus, Malik!«

Und dann wurde die Dose irgendwo versteckt.

Meine Eltern kauften ein Etagenbett, und Miss Kitty und ich mussten uns ein Zimmer teilen, was eine sonderbare Mischung aus Spielsachen, Furby-Puppen und Postern von Shakira und Britney

Spears ergab. Das Fossil hatte immer noch ein Zimmer für sich allein, weil er »ein Junge war und zur Universität ging«, wie Blanche es unumwunden auf den Punkt brachte.

»Das ist ungerecht!«, beschwerte sich Miss Kitty. »Ich habe auch ein Recht auf meine Privatsphäre!«

»Du hast das Recht, die Klappe zu halten. Du bist schließlich kein kleines Kind mehr, das bei jeder Gelegenheit Wutanfälle bekommt.«

Wie zu erwarten, wählte sie das obere Bett und überließ mir das langweilige untere. Dazu nutzte sie ein »wissenschaftliches Argument«: »Unser Physiklehrer sagt, dass wir alle mit einer Geschwindigkeit von 1600 Stundenkilometern altern. Und wer näher an den Polen ist, altert schneller.«

Und dann setzte sie ein triumphierendes Lächeln auf und sagte: »Also, wenn ihr wollt, dass ich schnell erwachsen werde, dann lasst mir das obere Bett.«

Ich beschloss, den Mund zu halten und mich zu benehmen, in der Hoffnung, dann würden sie mich beachten und die schreckliche Ungerechtigkeit bemerken, aber es half nichts.

Schwarzer Elch, der nichts von seinem Stolz eingebüßt hatte, legte seine besten Adlerfedern an und zog los, um von den Jägern des Gelben Metalls mehr Platz zu erbitten. Doch sie antworteten, sein Kredit wäre aufgebraucht, und er wäre nicht in der Position, Forderungen zu stellen. Außerdem wollten sie alles haben und Punkt.

Wir konnten gar nichts dagegen tun.

Einige Zeit später riss Miss Kitty Shakira und Britney Spears in kleine Fetzen und ersetzte sie durch Poster von Linkin Park. Blanche bekam einen Nervenzusammenbruch, als sie unser Zimmer betrat und entdeckte, dass die Wand mit Farbe besprüht war:

BY MYSELF
BY MYSELF
BY MYSELF

Aber damit gab Miss Kitty sich nicht zufrieden: Sie färbte ihr Haar orange, warf alle Klamotten weg, die auch nur kleinste Spuren von Farbe aufwiesen, und verkündete ihre Beschlüsse:

a) Von nun an würde sie sich ausschließlich schwarz kleiden.
b) Sie wäre ab sofort Vegetarierin.

Fehlte nur noch, dass sie Raketen abschoss, als der Zahnarzt ihr sagte, sie müsste eine Spange tragen.

Das Fossil nannte sie Biozombie, Drahtmaul und Zahnradbahn, ein Spitzname, den ich erst viel später mit Hilfe des Internets entschlüsseln konnte. Mein Bruder lernte nicht gern, aber er las bis zum Überdruss und wusste mehr Wörter als wir beide zusammen, darunter ein paar ziemlich merkwürdige wie »Vorhölle«, »Argonaut« oder »Einhorn«.

»Aufgepasst, Leute, da kommt die Zahnradbahn«, sagte er oft, bloß um seine Schwester zu ärgern.

Miss Kitty gab es ihm mit gleicher Münze zurück, nannte ihn »Steinzeitmensch«, »Granitkopf« oder auch »gebrauchtes Wattestäbchen«.

»Meine Tochter hat jetzt beschlossen, hässliche Wörter zu benutzen«, tadelte Blanche. »Von mir hat sie das nicht, gewiss nicht.«

Schwarzer Elch versuchte, die Wogen zu glätten: »Lass sie in Ruhe. Wir waren auch mal so.«

»Was soll das heißen, so? Ich in ihrem Alter habe

schon Lippenstift benutzt, heimlich, damit meine Mutter es nicht merkte.«

»Siehst du?!«

»Aber das war doch etwas ganz anderes.«

Das Fossil gab scheinbar weniger Anlass zur Sorge. Tatsächlich aber merkte man es ihm bloß nicht auf den ersten Blick an. Er ging morgens aus dem Haus, den Rucksack auf dem Rücken und den Kopfhörer auf den Ohren, knabberte nebenbei sein Butterbrot, und niemand bekam ihn vor dem Abendessen wieder zu Gesicht. Und da antwortete er nur sehr einsilbig:

»Na, wie läuft es an der Uni?«

»Gut.«

»Dauert es noch lange bis zu den Prüfungen?«

»Nein.«

Heute weiß ich, dass er damals schrecklich einsam war. Mit den ganzen Umzügen waren die Freunde fortgeblieben: Picas, Tó-Pê, Marista, Chico, Spock, Flapi …

Nur Kalkitos war noch da, der Junge aus besseren Verhältnissen, genauso einsam wie er selbst.

Unser Bruder war zwar viel älter als wir, aber dennoch nicht der Stärkste von uns dreien. Nach außen ein Fossil, mit seinem steinernen Panzer, aber innendrin so zerbrechlich wie ein kleines Seepferdchen. Und das hielt sich krampfhaft an irgendeiner Alge fest, damit es nicht von der Meeresströmung fortgespült wurde.

Wir alle versuchten, uns dicht bei den Algen zu halten, aber es herrschte Ebbe, und der Atlantik wohnte schon lange nicht mehr vor unserer Tür.

Kapitel 14

Wir schliefen beim Fernsehen auf dem Sofa ein und wachten erst zur Abendessenszeit wieder auf. Papa fand es schade, dass wir die Prozession verpasst hatten, aber andererseits gar nicht so schlimm, denn so wären wir frisch für den Rest des Abends.

»Heißt das, wir werden frieren?«

»Nein, ›frisch sein‹ bedeutet, dass wir geschlafen haben und jetzt ausgeruht sind.«

Der Fliegende Hase war nicht so frisch wie wir, denn seine Ohren bewegten sich immer noch. Bestimmt wollte er mir etwas erzählen, aber ich verstand nicht, was, und Papa drängte zum Aufbruch. Deshalb legte ich ihn in mein Kinderbett und zog das Laken über seine Ohren. Vielleicht konnte er sich ja so etwas ausruhen und wäre dann auch frisch.

Papa bestand darauf, dass ich meine Jacke anzog, und wir fuhren zu dem Restaurant, das er kannte.

Wir mussten draußen warten und setzten uns auf die Treppe, aber das machte ihm nichts aus. Er sagte, er würde gern »Zicklein nach Art des Hauses« essen und könnte dafür, wenn es sein müsste, den ganzen Abend hier warten.

Plötzlich wurde ich furchtbar traurig.

»Ich vermisse Miss Kitty. Und das Fossil. Und Malik.«

Ich schnäuzte mich in den Ärmel meiner Jacke.

»Und Mama vermisse ich auch. Und unsere neue-alte Wohnung.«

Papa schlang die Arme um mich und nahm mich auf seinen Schoß.

»Keine Sorge, Bolota. Morgen rufen wir dort an, und du sprichst mit ihnen, einverstanden?«

»Nein. Ich will jetzt mit ihnen sprechen.«

»Jetzt geht es nicht. Morgen.«

»Und warum geht es jetzt nicht?«

»Weil ich kein Guthaben mehr auf meinem Handy habe.«

»Und kannst du es nicht aufladen?«

Ich wartete auf seine Antwort, aber da kam ein dicker Mann und führte uns ins Restaurant. Er brachte gebratenes Zicklein für Papa und Picania-

Steaks für mich. Das war mein Lieblingsessen, aber diesmal hatte ich gar keine Lust darauf. Ich musste die ganze Zeit an Miss Kitty, das Fossil und Blanche denken und daran, wie schön es wäre, wenn wir alle zusammen wären. Mit Malik.

»Was ist, Prinzessin, willst du nicht dein Picania-Königreich bauen?«, fragte Papa.

Ich betrachtete den Teller vor mir und das Königreich, das darauf wartete, erbaut zu werden. Die dicken Bohnen waren die Berge, der Reis war der Schnee, der Grünkohl war der Garten, und dieses Zeug, das wie Sand aussah und in den Zähnen hängen blieb, war die Wüste Sahara.

Normalerweise schnitt ich die Banane in Scheiben, um kleine Inseln daraus zu machen, und wenn ich eine Scheibe Ananas hatte, legte ich sie in die Mitte und tat so, als wäre es ein See. Am Ende sah das Picania-Königreich so schön aus, dass es mir schwerfiel, mit dem Essen anzufangen. Aber es wieder kaputt zu machen war auch der Teil, den ich am liebsten mochte.

»Ich hab keine Lust.«

»Aber du musst trotzdem was essen. Mach schon, wir wollen noch zum Fest.«

Er machte mir ein Zeichen mit den Augenbrauen und deutete mit dem Kinn zum Nachbartisch.

»Schau mal, wer da ist.«

Ich drehte mich um und erblickte ein als Engel verkleidetes Mädchen, das mit seinen Eltern am Tisch saß. Alle Leute im Restaurant schauten zu ihr hinüber. Sie war sehr schön, mit langen blonden Locken.

»Bestimmt hat sie bei der Prozession mitgemacht«, sagte Papa. »Ob sie auch Picania bestellt?«

»Engel müssen nicht essen und trinken, sie haben nämlich gar keinen Magen.«

»Aber dieser Engel hier hat einen. Schau nur, er trinkt einen Eistee.«

»Ach, ich weiß ganz genau, dass das kein Engel ist! Denkst du, ich bin ein kleines Kind, oder was?«

Er lachte, aber ich fand das gar nicht komisch. Als wir zum Fest aufbrachen, sagte ich, dass ich lieber im Auto sitzen bleiben würde, solange er sich draußen umschaute.

»In Ordnung, aber ich komme dich bald holen. Bist du sicher, dass du nicht mitkommen willst? Wir könnten Riesenrad fahren.«

»Nein«, log ich.

»Dann rühr dich nicht von der Stelle, bis ich wiederkomme. Versprochen?«

»Versprochen.«

Und bald darauf war er nicht mehr zu sehen.

Es waren viele Leute auf der Straße, überall glitzerten Lichter und Farben – bei den Karussellen, dem Autoscooter, den Fressbuden –, aber von all dem wurde ich nur noch trauriger. Hin und wieder explodierte eine Feuerwerksrakete am Himmel, mit einem kurzen Donnern. Dann fiel irgendwas herunter und zog einen Schweif aus Rauch hinter sich her. Vielleicht waren es ja die Jäger des Gelben Metalls, die sich mit den Sternen anlegten. Sie waren zu allem fähig, nur um ihr Territorium auszuweiten.

Auf einmal bekam ich Angst. Ich versuchte, Zaubergedanken zu denken, damit Papa mich schneller holen käme, aber es funktionierte nicht.

Also stieg ich aus dem Auto und machte mich auf die Suche nach ihm.

Ich war schon dreimal um das Riesenrad herumgelaufen, als ich ihn endlich in der Kassenschlange entdeckte. Er stand neben zwei Mädchen, die etwa in Miss Kittys Alter sein mussten.

»Papa!«

»Bolota! Was machst du denn hier?«

»Du hast gesagt, du kommst mich holen.«

»Ich wollte …«

»Aber du bist nicht gekommen. Wer sind diese beiden?«

»Wir sind die Popkörner«, sagte eine der beiden, die nettere. »Ich bin Jessica, und das ist Katiuschka. Wir gehören zur Liveband. Willst du ein Autogramm?«

»Nein. Was ist eine Leifbänd?«

»Na, unsere Band. Fana und die süßen Popkörner.«

»Wir können dir ein Autogramm geben, wenn dein Papa die CDs kauft«, sagte die andere. »Aber wer weiß, ob er überhaupt Geld hat. Er hat uns ja nicht mal verraten, dass er eine Tochter hat.«

»Klar hab ich Geld. Ich kaufe so viele CDs, wie ihr wollt. Aber zuerst drehen wir eine Runde.«

Plötzlich packte er mich an den Schultern.

»Das Geld!«

Wir rannten los, doch als wir zum Auto kamen, war das Geld weg. Und das bedeutete für Papa, der sich mitten auf dem schmutzigen Gehweg auf die Knie fallen ließ: »Wir sind am Ende!«

Kapitel XV

Eines Tages brach alles zusammen.

Es war ein ganz normaler Samstagnachmittag, an einem normalen Wochenende, in einem normalen Monat im Nomadenleben des Stammes. Miss Kitty war zu einer ihrer Tierschutzdemos gegangen, beladen mit Pappschildern voller Affen in Käfigen und rotäugiger Kaninchen. Das Fossil hörte zusammen mit Kalkitos in seinem Zimmer Musik. Sie taten wie üblich so, als würden sie lernen.

Schwarzer Elch verbrachte immer mehr Zeit vor dem Fernseher und beschwerte sich über die Jäger des Gelben Metalls, die ein immer größeres Territorium forderten. »Wir leben in unregierbaren Zeiten«, sagte er immer wieder. Es kam uns schon zu den Ohren heraus. Aber es war immer noch besser, als dem Mann aus Eis zu begegnen, schweigend und distanziert, unerreichbar für jeden Einzelnen von uns.

Blanche räumte die Küche auf und verfluchte ihr Schicksal: »Eine Nageldesignerin mit den Händen einer Wäscherin. Eine schöne Visitenkarte!«

Ich klopfte beim Fossil an der Tür, keine Ahnung, warum. Vielleicht wollte ich ja Kalkitos sehen, fragen, ob sie mit mir spielen wollten, irgendeine alberne Kinderei. Ich versuchte, die Tür zu öffnen, aber sie hatten abgeschlossen. Ich log ihnen vor, Blanche hätte einen Kuchen gebacken. Und diese Dummköpfe glaubten es auch noch.

»Wir kommen gleich!«

Kichernd und völlig hinüber kamen sie aus dem Zimmer gestolpert.

Sie sahen aus wie zwei vom Einsturz bedrohte Häuser, die sich gegenseitig stützen mussten.

»Und, wo ist jetzt der Kuchen?«

Sie kicherten immer doller.

Schwarzer Elch sprang vom Sofa auf und versperrte ihnen den Weg zur Küche. Er kochte vor Wut.

»Ich wusste, dass das übel enden würde!«

Blanche kam besorgt herbeigelaufen und wischte sich die Hände an einem Geschirrtuch ab.

»Was ist denn passiert?«

»Ich sag dir, was passiert ist! Schau dir mal ihre Augen an!«

Und dann gab es einen hässlichen Streit über Drogen, die fehlende Motivation des Fossils und unsere Erziehung im Allgemeinen, bei dem Papa und Blanche abwechselnd von »*deinen* Kindern« und »*deinen* Töchtern« sprachen, so als ob wir im Labor hergestellt worden wären. Dann wechselten sie von der Erziehung zum Geld, wetterten über die Banken, die Kredite, die Zinsen, das geplatzte Geschäft mit den Plantagen. Und über den Klimawandel.

»Das Geschäft war gut, was kann ich dafür, dass es nicht zur richtigen Zeit geregnet hat?«, verteidigte er sich.

»Du hast dir eingebildet, du wärst ein Obstbauer …«

»Hättest du es lieber gesehen, wenn ich in einer Bar an der Kaffeemaschine gestanden hätte, oder was?«

»Ich wollte bloß, dass du Geld nach Hause bringst, ganz einfach!«

Das Fossil und Kalkitos schauten belämmert drein, als Malik von der Veranda hereingestürzt kam und etwas tat, was niemand von uns für möglich gehalten hätte: Er bellte Papa an. Ein donnerndes Gebell, laut und langgezogen, wie wir es noch nie zuvor gehört hatten. Ein Gebell, das aus der großen Eiswüste der Arktis kam, der Widerhall von zwanzigtausend Wolfstatzen. Die Wölfe rannten, um ihr Rudel zu schützen.

Zum ersten Mal wich Papa zurück: Er hatte Angst vor Malik.

Ich schaute in den Spiegel im Flur, und dort, wo Papas Spiegelbild sein sollte – ich schwöre es –, sah ich das Abbild des besiegten Häuptlings Schwarzer Elch. Er drehte sich um und verschwand wie Wasserdampf von der glänzenden Oberfläche des Spiegels.

Schwarzer Elch hatte die entscheidende Schlacht verloren.

Kapitel 16

Ich war noch schrecklich müde, als wir wach wurden. Schnell wusch ich mir das Gesicht, zog mich an und begann, mein Kinderbett zu machen, aber Papa sagte, wir dürften keine Zeit verlieren. Auf dem Weg nach draußen nahm er mich an der Hand. Seine war ganz kalt, und ich wusste, warum.

»Sag jetzt nichts. Kein Wort. Hast du verstanden?«

»Verstanden.«

Ich hörte, wie er mit dem Mädchen an der Theke sprach. Er lächelte sie an und mich auch, zum ersten Mal, seit wir am Ende waren. Aber es war nicht das vertraute Lächeln von Schwarzer Elch.

»Fahren Sie nicht ins Gebirge, das ist sehr gefährlich«, sagte das Mädchen. »Die Feuerwehr ist seit dem Morgengrauen dort im Einsatz.«

»War es Brandstiftung?«

»Das kann man nie wissen. Wenn Sie mich fragen, war es das Feuerwerk gestern Abend. Es ist jedes Jahr das gleiche Trauerspiel.«

»Wir sind vorsichtig. Danke für die Landkarte.«

»Bitte sehr. Einen schönen Tag noch!«

Wir frühstückten und machten uns fertig zur Abfahrt, nur mit meinem Pucca-Rucksack. Papas grüne Reisetasche lag noch im Zimmer, zusammen mit dem größten Teil unserer Sachen. »Damit niemand Verdacht schöpft«, sagte er.

Wir hatten schon die Autotüren zugemacht, als das Mädchen angerannt kam: »Entschuldigen Sie bitte, mein Herr, einen Augenblick!«

Papa packte das Lenkrad und drückte es ganz fest. Von der Rückbank aus konnte ich sein Gesicht im Spiegel sehen. Er war dabei, sich zu verwandeln.

»Die Kleine hat das hier am Frühstückstisch vergessen!«

Sie hielt den Fliegenden Hasen an den Ohren. Der Arme. Das konnte er überhaupt nicht leiden, danach fand er sich nämlich nicht mehr zurecht.

»Ah … komm Bolota, bedank dich bei der Dame!«

»Danke.«

»Gern geschehen. Gute Fahrt.« Und dann drehte sie sich noch mal zu uns um: »Vergessen Sie nicht, dass wir heute Abend ein Galadiner zu Ehren der Schutzpatronin haben.«

»Wir werden rechtzeitig zurück sein, vielen Dank.«

Bei der Abfahrt begleitete uns die kleine Schwester der gelben Staubwolke, die uns hergetragen hatte. Das Zaubertor ging wieder von ganz allein auf, aber ich merkte, dass nun alles anders war, an der Art, wie der Fliegende Hase mich ansah und kaum zu atmen wagte.

»Schämst du dich nicht, mit acht Jahren immer noch dieses dämliche Stofftier mit dir herumzuschleppen?«

Meine Augen und mein ganzes Gesicht brannten wie Feuer, als er das sagte.

»Kommen wir nicht mehr ins Hotel zurück?«, fragte ich und schluckte meine Angst genauso hinunter wie meine Lust, ihn zu schlagen.

»Na, was glaubst du wohl?«

»Ich weiß nicht …«

»Kapierst du denn nicht, dass wir ausgeraubt wurden? Wir haben fast kein Geld mehr.«

»Hast du keine Ketten mit Medalljen mehr, die du in Geldscheine eintauschen kannst?«

»Nein. Und jetzt halt lieber den Mund. Wenn du im Auto geblieben wärst, wie ich es dir gesagt habe, wäre das alles nicht passiert.«

Und dann gab es keinen Papa mehr und keinen Schwarzen Elch. Nur den Mann aus Eis, und mit dem Mann aus Eis konnte man nicht reden. Wenn er sprach, biss mir seine Stimme mitten ins Herz.

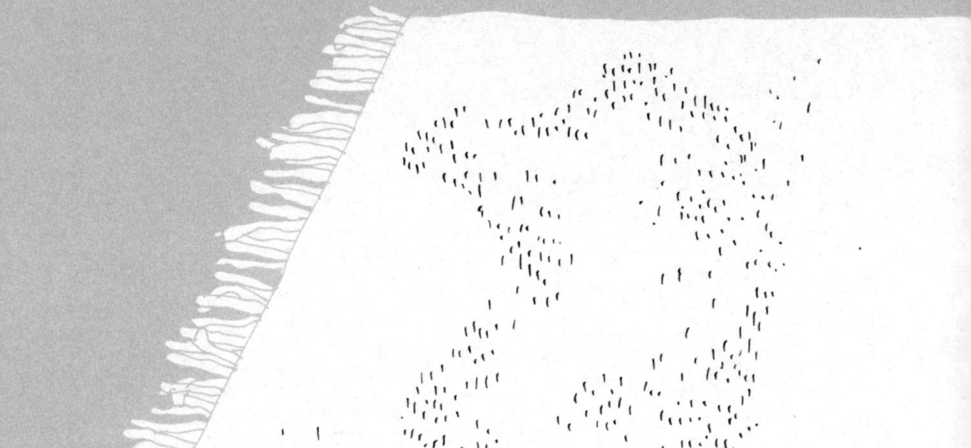

Kapitel XVII

Von diesem Tag an kam Kalkitos immer seltener zu Besuch, bis er irgendwann ganz fortblieb. Und das Fossil wurde noch einsamer. Verloren auf seinem Millionen Jahre alten Planeten, bestehend aus einem einzigen Kontinent, und nur über die Kabel seines Kopfhörers mit der Erde verbunden.

Eine Zeitlang sprach er nicht mehr mit mir, wegen der Geschichte mit dem Kuchen. Dann lenkte er ein.

»Was hat dich bloß geritten, dir so was auszudenken?«

»Keine Ahnung …«

Und das stimmte.

Ich erinnere mich, dass ich Blanche sagen hörte, mit Kalkitos würde es noch ein böses Ende nehmen; aber damals dachte ich, einem Jungen aus besseren Verhältnissen könnte nichts Schlimmes passieren. Er könnte nämlich immer bei einem besseren Verhältnis unterschlüpfen, wenn ihm das andere, schlechtere, nicht mehr gefiel. Es musste wunderbar sein, mehrere Familienverhältnisse zu haben, mehrere Väter und mehrere Mütter, dachte ich damals, mit acht Jahren. Viel besser als nur eine einzige Familie und keine Wahlmöglichkeit, wie bei uns.

Selig sind die Ahnungslosen.

Kurz darauf nahm Papa Malik mit zu einem Ausflug und kam alleine zurück. Er gab eine offizielle Erklärung ab:

»Die Wohnung ist zu klein. Es geht ihm besser in einem Haus mit Garten, wo er nach Herzenslust herumtollen kann«, versicherte Papa. »Und wir können ihn besuchen, wann immer wir wollen.«

Ich wollte nichts mehr davon hören. Aufgebracht rannte ich in mein Zimmer und warf mich auf den Teppich, auf dem Malik immer so gern geschlafen hatte. Dort sammelte ich alle Haarbüschel ein, die auf dem Boden verstreut lagen, und legte sie in eine Schachtel. Dann weinte ich mich gründlich aus.

Auch wenn sie nicht bei dem Streit dabei gewesen war, begriff Miss Kitty als Erste, dass Malik das Vertrauen in Schwarzer Elch verloren hatte und das

Band zwischen den beiden zerrissen war. Der Mann hatte Angst bekommen vor dem Wolfshund. Die offizielle Erklärung war nur ein Vorwand, um ihn fortzuschicken.

»Wölfe respektieren den Anführer ihres Rudels«, schimpfte sie, außer sich vor Wut.

Sie konnte Papa diesen Verrat nicht verzeihen.

Natürlich haben wir Malik nie besucht, wo auch immer er jetzt sein mochte.

Bis heute weiß ich nicht, ob er nun in besseren Verhältnissen lebt oder ob es ein böses Ende mit ihm nahm, wie Blanche immer zu sagen pflegte. Aber ich stelle mir gerne vor, dass seine Bahnen sich mit denen von Kalkitos kreuzten. Und dass sie sich, nachdem sie Frieden geschlossen hatten, tief in die Augen schauten und sich zusammen auf die Suche nach ihrer Meute machten. Eine Familie von Wolfshunden, sanft und wild, bereit, gemeinsam dem Hunger und dem bitterkalten arktischen Winter zu trotzen.

Kapitel 18

Ich wusste, dass der Mann aus Eis es nicht böse meinte, wenn er sich verwandelte, denn der Fliegende Hase hatte mir seine Geschichte erzählt:

»Vor vielen Jahren ging ein Mann auf die Jagd, auf der Suche nach Essen für seine Familie. Es war Winter. Überall war Eis und Schnee, und die meisten Tiere hatten sich in ihre Baue und Höhlen zurückgezogen.

Der Mann war schon viele Kilometer gelaufen und war sehr erschöpft. Als er die Spuren eines Hirschs entdeckte, rannte er ihm nach und merkte nicht, dass er dem Gletscher zu nahe kam. Die Aussicht, Fleisch für viele Tage nach Hause zu bringen, machte ihn blind, so blind wie die Schneeflocken, die in seine Augen fielen. Und dann konnte der Mann nichts mehr sehen.

Alles ging sehr schnell, und ehe er sich's versah,

rutschte er aus und fiel in eine Gletscherspalte. Dort unten funkelte alles blau, doch der Mann sah das Licht nicht mehr, denn er starb auf der Stelle. Ganz klein zusammengekauert wie ein Baby kurz vor der Geburt – so blieb er bis zum darauffolgenden Sommer liegen, als die Sonne das Eis zum Schmelzen brachte und der Tote durch das klare Wasser rollte und an den Fuß des Gletschers gespült wurde. Dort fanden ihn andere Jäger und machten ihm an Ort und Stelle ein Grab, mit einem Kreuz und einem Stein darauf.

Doch sein Herz war im Schmerz gestorben, weil er es nicht geschafft hatte, Essen nach Hause zu bringen – und weil er dachte, seine Familie würde glauben, er hätte sie im Stich gelassen. Das stimmte nicht! Er hatte alles versucht, mit all seiner Kraft und all seinem Mut! Aber das wusste niemand.

Und so blieb das Herz des Mannes aus Eis auch nach seinem Begräbnis im Gletscher gefangen. Und er hofft immer noch darauf, dass die Wärme ihn befreien möge, jeden Sommer, der verstreicht, jeden Sommer, der kommt und geht.«

Kapitel XIX

Der Tag, an dem Schwarzer Elch mir das Schwimmen beibrachte, war einer der glücklichsten meines Lebens.

Kaum hatte ich begonnen zu schweben, wurde mir klar, wie anders die Welt vom Wasser aus betrachtet erschien: der Himmel über meinem Kopf, das Meer unter mir, alles um mich herum blau. Ich konnte mein Herz hören und stellte mir vor, wie jede meiner Zellen im selben Rhythmus schlug: *Bum-bum, bum-bum, bum-bum.* Bald lernte ich, wie ein Delphin zu springen, mit dem Körper Buchstaben zu zeichnen und mich mit dem Schwung der Wellen zu bewegen, vollkommen lautlos.

Im Wasser war mein Körper ganz leicht, ich konnte schweben wie ein Ballon über der Erde. Dann entdeckte ich, dass es noch eine Welt unter Wasser gab, versteckt vor unseren Blicken, und dass man einfach nur die Luft anhalten und untertauchen musste, um den Boden zu berühren.

Was sich als sehr nützlich herausstellte, denn als Papa seine Arbeit verlor, begann unser Leben sich ebenfalls zu ändern.

»Wir müssen lernen, unter Wasser zu atmen«, erklärten sie uns.

Das klang gut, bis wir verstanden, was es wirklich bedeutete:

»Es ist nicht genug Geld für alles da«, erklärte Blanche. »Und wir müssen den SUV verkaufen.«

Wir verkauften den SUV, tauschten den Flachbildfernseher gegen einen kleineren ein und hatten nur noch vier Programme anstatt hundert. Wir fuhren am Wochenende nicht mehr zusammen weg und gingen nicht mehr ins Kino. Das war unter Wasser atmen. Und es war erst der Anfang.

Mit der Zeit regte sich Protest:

»Schon wieder Hühnchen?«

»Seid froh, dass es wenigstens Hühnchen gibt.«

»Wenn es nach mir ginge, sollte es hier im Haus gar kein Fleisch geben«, wetterte Miss Kitty, die immer rebellischer wurde. »Denkt eigentlich je einer von euch an den CO_2-Fußabdruck?«

Sie war diejenige, die sich von allen am wenigsten beschwerte, stets mit ihrem Öko-Aktivismus beschäftigt und mit den tausend Arten, Soja- und Tofusteaks zuzubereiten.

»Was isst du denn da? Sieht aus wie Teer.«

»Das IST Teer. Mmmm, lecker! Willst du mal probieren?«

»Jetzt reiß dich gefälligst zusammen«, schimpfte Blanche mit ihr. »Noch wohnst du hier bei uns.«

»Der Biozombie? Irgendwann zieht sie in die Einöde, Kartoffeln säen und so …«

»Hör mal, du Granitkopf, Kartoffeln sät man nicht, die pflanzt man.«

»Ruhe jetzt, und zwar alle beide! Als euer Vater und ich geheiratet haben, hatten wir viel weniger als ihr heute.«

»Dafür gab es damals noch erheblich mehr Eis am Nordpol«, plapperte Miss Kitty weiter. »Und Eisbären.«

»Was willst du damit sagen?«

»Ach, nichts.«

Schwarzer Elch versuchte, den Stamm zu beruhigen, aber damit brachte er Blanche nur noch mehr auf die Palme und nervte uns alle gehörig: »Wenn wir in das Haus im Dorf ziehen, kannst du dir einen Gemüsegarten anlegen, Kitty. Und dann machen wir einen Biohof auf.«

»Jetzt hör schon auf damit, João Miguel!«

»Womit soll ich aufhören, Blanche?«

»Mit diesen verrückten Ideen. Du machst mich noch ganz krank.«

»Ist ein Traum eine verrückte Idee? Warum bist du immer so negativ?«

»Weil ich schon deinen Kirschenanbau miterlebt habe. Du und deine Träumereien, die nirgendwo hinführen.«

Niemand gab etwas auf sein Gerede, am wenigsten Miss Kitty.

»Würde es dir nicht gefallen, auf dem Dorf zu leben?«

»Nur über meine Leiche.«

Und dann verschwand sie in ihr Zimmer, zusammen mit ihren Tofusteaks, die nach Teer schmeckten.

Wir atmeten schon lange unter Wasser. Manchmal war es ganz leicht. Und manchmal gar nicht.

Kapitel 20

Ich schreckte aus dem Schlaf hoch, als ich die Stimme des Mannes aus Eis neben mir hörte: »Hast du Hunger?«

»Ja«, antwortete ich, obwohl ich mir nicht ganz sicher war.

»Ich gehe dort drüben irgendwas einkaufen. Bin gleich wieder da.«

Er schlug die Tür zu und lief ums Auto herum zu meiner Seite.

»Und rühr dich ja nicht von der Stelle. Ich warne dich. Hast du verstanden?«

»Ja.«

Ich sah, wie er in einem Geschäft verschwand. Er hatte nichts vom Fenster gesagt, also ließ ich die Scheibe herunter und streckte meinen Kopf heraus. Niemand war auf der Straße, nur drei alte Frauen saßen auf einer Bank unter einem Baum. Sie unterhielten sich und machten komische Handbewegungen. Dann zeigten sie zum Waldbrand in den Bergen und fuchtelten noch doller mit den Händen. Ich konnte nicht hören, was sie sagten, aber sie waren alle schwarz angezogen und sahen ein bisschen aus wie Hexen. Vielleicht sollte ich besser nicht so oft hinschauen, sonst entdeckten sie mich am Ende noch und verhexten mich.

Also machte ich das Fenster wieder zu und drehte mich zur anderen Seite. Dort standen ein paar hübsche kleine Häuschen, ganz aus Stein, mit Kreuzen an beiden Enden des Daches. Ich fand es seltsam, dass normale Menschen in so schmalen Häusern leben konnten, und dachte daran, Papa zu fragen, ob Zwerge darin wohnten. Dann fiel mir ein, dass er gerade in der Haut des Mannes aus Eis steckte, und ich beschloss, die Frage auf ein andermal zu verschieben.

Er kam mit einer Tüte in der Hand zurück, und wir fuhren weiter, ohne etwas zu sagen. Ich schaute die ganze Zeit zum Fenster hinaus und redete mit dem Fliegenden Hasen. Es war das erste Mal, dass er so viele Bäume auf einem Haufen sah, richtige Wälder, so wie im Märchen.

Wir kamen an einem riesigen See vorbei, der richtig Lust auf Baden machte.

»Zwischenstopp: Mittagessen mit Blick auf die Talsperre.«

Wir setzten uns auf zwei Steine und fingen an zu essen. Es gab Brot, Käse, Schinken, Würstchen, Birnen und Eistee für uns beide. Besser gesagt für uns drei; denn der Fliegende Hase war auch völlig ausgehungert.

»Schade, dass wir die Würstchen nicht braten können«, sagte der Mann aus Eis. »Dann würden sie noch viel besser schmecken.«

»Und warum können wir das nicht?«

»Weil es verboten ist, Feuer zu machen.«

»Warum?«

»Es ist zu gefährlich.«

Er zeigte auf die Berge.

»Siehst du den vielen Rauch dort? Der ganze Wald brennt.«

»Ich weiß …«

Auf einmal fasste ich Mut.

»Ich habe eine Idee!«

Ohne auf seine Antwort zu warten, sprang ich auf und sammelte ein paar herumliegende Pinienzweige.

Ich stapelte sie auf und legte dann einen Kreis aus Steinen drum herum, so wie ich es in den Cowboybüchern des Fossils gesehen hatte.

»Was machst du da, Bolota?«

»Das ist ein Feuer. Aber es brennt nur mit Zaubergedanken, keine Sorge. Es ist nicht gefährlich.«

Lächelnd schüttelte er den Kopf.

»Was mach ich bloß mit dir?«

Wir spießten die Würstchen auf Stöckchen und taten so, als würden wir sie braten. Immer wieder drehten wir sie von einer Seite zur andern, damit sie gleichmäßig gar wurden.

»Und, schmecken sie?«

»Köstlich.«

Die Hitze des Feuers aus Zaubergedanken brachte den Mann aus Eis zum Schmelzen. Wir aßen fast alles auf, was in der Tüte war, und hoben die Birnen bis zum Schluss auf. Sie kitzelten im Mund und auf der Zunge.

»Die schmecken nach Ameisen«, sagte ich.

Der Mann aus Eis, der fast schon wieder Papa war, lachte, denn die Birnen mit dem Ameisengeschmack waren seine Erfindung gewesen, auch wenn es diese »Erfindung« wirklich gab.

»Wusstest du, dass eine Ameise ein Blatt tragen kann, das fünfzigmal schwerer ist als sie selbst, und zwar viele Kilometer weit?«

»Mehr Kilometer als die, die wir schon gefahren sind?«, fragte ich.

»Ja. Viel mehr.«

Dann sagte er nichts mehr und fing an, in der Glut des Feuers aus Zaubergedanken zu stochern.

»Entschuldige, Bolota. Ich hätte das Geld niemals im Auto lassen dürfen. Und ich hätte dich niemals alleine lassen dürfen. Ich war ungerecht zu dir. Kannst du mir verzeihen?«

Der Mann aus Eis war verschwunden. Schwarzer Elch war wieder zu mir zurückgekommen.

»Ja.«

Ich umarmte ihn ganz fest, so sehr hatte ich mich nach ihm gesehnt.

»Los, komm!«

Er sprang auf und nahm mich bei der Hand. »Wir sind schon fast zu Hause.«

»Haben wir wirklich einen Garten?«

»Einen wunderschönen Rosengarten ...«

»Und gibt es ein Schwimmbad?«

»Noch nicht, aber wir legen eins an. Und dann

bauen wir auch ein Baumhaus, so wie das von Peter Pan.«

»Und eine Schaukel?«

»Alles, was wir wollen. Wirklich alles, Bolota.«

Kapitel XXI

Von unserem verlorenen Haus hatten wir Erinnerungen, Gegenstände und Fotos aufgehoben. Und eine Keksdose mit Blättern und Samen. Darin konnten wir die Bäume und die feuchte Erde riechen, wenn die Sehnsucht uns überkam.

Es war sehr schwer, so viele Dinge zu verlieren, so plötzlich.

Obwohl wir schon lange nicht mehr in unserer alten Wohnung mit Meeresblick wohnten, fuhren wir hin und wieder mit dem Zug zum Strand, um ein paar von Schwarzer Elchs neuen Theorien zu überprüfen.

»Die besten Dinge im Leben sind umsonst«, sagte er.

»Zum Beispiel?«, fragten wir, meine Geschwister und ich.

»Zum Beispiel die Namen der Bäume zu lernen. Und der Wolken. Und der Sternbilder.«

»Und was noch?«

- Kritzelzeichnungen in einer langweiligen Schulstunde
- zu Hause barfuß laufen
- die Füße im Sand eingraben
- dem Regen lauschen
- mit Tautropfen bedecktes Moos streicheln
- den Mond betrachten
- einen Kieselstein in der hohlen Hand herumrollen lassen
- die perfekte Muschel suchen
- Tiere streicheln
- Dinge mit den Fußzehen aufheben
- aus einem schönen Traum erwachen
- aus einem bösen Traum erwachen
- im Meer baden
- Steinchen übers Wasser hüpfen lassen
- die Hausaufgaben hinausschieben
- Siesta machen
- durch einen Garten spazieren
- pfeifen

- an frischem Brot riechen
- lachen
- tanzen

Das sind ein paar von den guten und umsonst verfügbaren Dingen, die uns vieren einfielen.

»Und was noch?«

»Habt ihr schon mal ausprobiert, an einem heißen Sommertag an einem Rasensprenger vorbeizugehen?«

»Wie, absichtlich? Und dabei ganz nass werden?«

»Ja, genau, das ist der Witz.«

Blanche schaute ihn an und lachte. Nicht ihr gewohntes Xylophonlachen, das in der Luft lauter wurde und alle Leute erfreute; sie lachte wie jemand, dem eigentlich gar nicht zum Lachen zumute ist.

Und das auch nur, wenn sie gut aufgelegt war.

»Erzähl das mal unserem Vermieter, dass die besten Dinge im Leben umsonst sind.« In solchen Momenten quetschte sie die Worte aus ihrem Mund hervor, als würde man eine Zitrone auspressen. »Du bist vielleicht ein Witzbold.«

»Fängst du schon wieder an, Celeste?«

»Und nenn mich bitte nicht Celeste.«

Und dann kam das Gespräch unweigerlich aufs Geld, die unbezahlten Rechnungen und die Schulden, die wir anhäuften. Papa fing wieder mit derselben Leier an: »Das wird sich erst ändern, wenn wir in das Haus im Dorf ziehen.«

»Und wovon werden wir leben, willst du mir das nicht erzählen?«

»Von dem, was die Erde hergibt, so wie es meine Großeltern taten.«

»Aha. Was für eine tolle Idee. Und dann gehst du auf Büffeljagd, hab ich recht?«

Blanche hatte es einfach satt. Von dem einstigen Wirbelwind war nur noch eine leichte lauwarme Brise übrig, die fast nie mehr in Fahrt kam.

Kapitel 22

»Ist das etwa unser Haus?«

Papa antwortete nicht. Er drückte gegen das alte, völlig verrostete Gartentor. Und dann nahm er mich auf den Arm, damit ich mich nicht an den Brombeersträuchern stach, und wir traten in den Garten.

Wir betrachteten das, was unser Haus sein sollte.

Es hatte keine Fenster mehr, keine Tür und kein Dach. Bloß vier steinerne Wände, genau wie die Gartenmauer, voller Löcher, durch die ich leicht durchgepasst hätte, wenn ich eine Maus gewesen wäre. Der Hof war voll mit Holzstücken und zerbrochenen Ziegeln, alten Zeitungen und leeren Plastikflaschen. Ich wollte nur noch weg von hier.

Papa ließ mich zu Boden gleiten, als könnte er meine Gedanken lesen.

»Es ist eine Ruine. Nichts als eine Ruine …«, sagte er.

Dann schlug er sich die Hände vors Gesicht und weinte. Es kam mir sehr lange vor.

Ich konnte gar nichts sagen, ja noch nicht einmal mit ihm weinen, obwohl ich spürte, wie ein riesiger Stein in meinem Bauch wuchs.

Es war alles gelogen, alles, was er mir erzählt hatte: Die Schaukel, die Veranda, das Schwimmbad, der Rosengarten, das Baumhaus, das wir bauen würden, all das war gelogen. Schwarzer Elch war ein Lügner. Der Stamm könnte ihm nie mehr folgen, ganz egal, wo er auch hinging.

»Lass uns gehen«, sagte er und zog mich an der Hand. »Bevor es dunkel wird.«

Kapitel XXIII

Am Tag, als Malik verschwand, verlor ich meinen Spielkameraden. Und das Leben des Stammes wurde nie wieder so wie früher.

Nun hatten wir keinen Vorwand mehr, irgendwohin zu fahren, wo er Auslauf hatte, und zu beten, dass er nicht auf die Straße rannte. Wir vermieden es, in Vollmondnächten den Balkon zu betreten, denn da hatte er immer wie ein wildgewordener Wolf geheult. Es flogen nicht mehr mitten im Sommer Schneeflocken aus Hundehaaren überall in der Wohnung herum; und sogar die ewigen Streitereien zwischen dem Fossil und Miss Kitty wurden im Nachhinein betrachtet zu guten Erinnerungen.

»Du bist dran mit Saubermachen!«

»Ich habe gestern Staub gesaugt.«

»Immer muss ich alles machen!«

Malik fehlte uns allen, sogar Papa, aber wir versuchten, es uns nicht anmerken zu lassen. Und wir zogen weiter Kreise durch unser einst so weitläufiges Territorium.

»Die Wölfe sind immer in Bewegung«, erklärte mir Miss Kitty einmal, als sie dachte, ich wäre alt genug, um ihre Theorien über das Verhalten der Tiere zu verstehen.

Sie war schon zu groß, um im oberen Etagenbett zu schlafen, deshalb war ich nun diejenige, die näher am Nordpol war.

Ich betrachtete mich jeden Tag im Spiegel, aber ich konnte keine Veränderung feststellen – weder bei meiner Größe noch bei meinem Aussehen.

»Sie können schneller als 60 Kilometer pro Stunde rennen!«, versicherte mir Miss Kitty in ihrer wichtigtuerischen Art einer spleenigen großen Schwester.

Und später fand ich ohne sie im Internet noch andere Dinge heraus: Wölfe gehören zu den Landtieren, die am häufigsten weiterziehen und große Distanzen zurücklegen, wenn ihr Territorium groß genug ist. Im Schnitt ist ein Wolf etwa acht bis zehn Stunden täglich unterwegs. Die meisten von uns wenden genauso viel Zeit zum Schlafen oder Nichtstun auf.

Ich finde, das sagt eine Menge über die Menschen.

»Alles ist in Bewegung, von den Meeresströmungen bis zu den Asteroiden im Weltall«, erzählte Miss Kitty weiter. »Alles außer dem Gehirn des Fossils natürlich.«

Und wir lachten uns zusammen kaputt, gemütlich an die gegenüberliegenden Enden des Etagenbetts gelehnt. Die tektonischen Platten unter uns bewegten sich unterdessen in unvorhersehbaren Bahnen weiter.

Kapitel 24

Papa schloss die Autotür, und wir machten uns auf den Rückweg.

Ich wollte ihn so viele Dinge fragen. Wann würden wir wieder nach Hause fahren? Und wo war Malik? Warum waren wir nicht aus besseren Verhältnissen wie Kalkitos? Und warum lebten wir nicht mehr alle zusammen in der neuen-alten Wohnung? War er wirklich ein Witzbold, wie Blanche gesagt hatte? Und was war überhaupt ein Witzbold? War das schlimmer, als ein schlechter Mensch zu sein?

So viele Fragen. Aber der Stein in meinem Bauch war immer größer geworden, und dann war er von meiner Kehle in den Mund hinaufgewandert und hinderte mich am Sprechen, sosehr ich auch versuchte, ihn loszuwerden.

»Ich hab Durst.«

Das war das Einzige, was ich herauskriegte.

»Die Wasserflasche ist in der Tüte.«

»Das Wasser ist alle.«

»Warte noch ein bisschen. Wenn wir an einem Gasthaus vorbeikommen, kaufe ich neues.«

Aber wir kamen an keinem Gasthaus vorbei, denn es gab nur lauter Bäume an dieser Straße voller Kurven, die den Stein von meinem Bauch in den Mund rollen ließen und wieder vom Bauch in den Mund. Und es tat immer doller weh, wenn er dieselben Stellen wieder und wieder berührte.

Es hörte erst auf, als zwei Polizisten auftauchten und mit ihren Taschenlampen winkten. Papa fuhr rechts ran und machte das Fenster auf. Einer der Polizisten kam zu uns herüber.

»Guten Tag. Ist etwas passiert, Herr Wachtmeister?«

»Guten Tag. Ja, leider ist etwas passiert.«

Und er schaute Papa an, als hätte er etwas ziemlich Dummes gefragt.

»Sie können nicht auf der Hauptstraße weiterfahren. Sie ist vom Feuer abgeschnitten.«

»Und wo können wir stattdessen langfahren?«

»Entweder Sie drehen um, oder Sie nehmen die Umleitung fünf Kilometer weiter.«

»Ich kann nicht umdrehen.«

»Sie müssen es wissen, aber …«

Er wischte sich mit einem Taschentuch den Schweiß von der Stirn, bevor er weitersprach: »Die Lage ist sehr ernst, die Feuerwehr hat noch nicht alle Brandherde unter Kontrolle. Und es wird eine Familie vermisst.«

»Eine Familie?«

»Zwei Erwachsene und ein Kind. Ausländer. Sie haben in der Gegend gezeltet. Bis jetzt konnten wir sie nicht finden.«

Der Polizist verdrehte den Kopf, damit er besser auf die Rückbank schauen konnte.

»Ihre Tochter?«

»Ja.«

»Na gut, dann nehmen Sie die Umleitung, aber seien Sie vorsichtig. Gute Fahrt!«

Der andere Polizist winkte uns zu, und wir fuhren weiter die kurvige Straße entlang. Hin und wieder verschwanden die Bäume und gaben den Blick auf die lichterloh brennenden Hänge frei, die wie ein großer roter Flickenteppich aussahen. Es roch nach Rauch und Verbranntem. Ich wusste nicht, ob die Luft wegen des Feuers so gelb aussah oder weil es gleich dunkel werden würde.

»Die Stunde zwischen Hund und Wolf …«, sagte Papa, so leise, dass ich es kaum hören konnte.

»Was für eine Stunde?«

»Die Stunde zwischen Hund und Wolf. Wenn die Schatten sich mit dem Licht mischen und der Tag der Nacht weicht …«

Ich wollte ihn gerade bitten, das genauer zu erklären, als vor uns wieder der Stausee auftauchte.

»Komisch«, sagte er. »Wir hätten nicht hier rauskommen dürfen.«

»Warum denn nicht?«

»Weil der Stausee auf der anderen Seite sein müsste. Wir sind im Kreis gefahren.«

»Haben wir uns verirrt?«

»Ich glaube, ja …«

Er merkte, dass ich gleich anfangen würde zu weinen, denn er hielt sofort an und drehte sich zu mir um: »Na, Bolota? Hatten wir nicht gesagt, dass wir auf eine Expedition gehen würden?«

»Ja, schon …«

»Und Expeditionen sind so, voller Gefahren und Überraschungen.«

»Ich will nach Hause. Ich will nicht mehr Expedition mit dir spielen.«

»Aber du bist Prinzessin Bolota von den Wäldern des Nordens. Du kannst jetzt nicht aufgeben, wo wir so kurz vor dem Ende sind.«

Darauf antwortete ich nichts. Ich wollte ihm sagen, dass wir schon am Ende angekommen waren und dass das mit der Expedition gelogen war, weil es gar kein Haus gab, keinen Garten, kein Schwimmbad, einfach gar nichts. Ich wollte ihm sagen, dass ich ihn mochte, aber mich hier fürchtete, weit weg von der Wärme des Stammes und dem Zauber von Schwarzer Elch.

»Am besten schlafen wir hier. Morgen früh finden wir den Rückweg leichter.«

»Wo sollen wir denn hier schlafen?«

»Im Auto. Wir tun so, als wäre es unsere Hütte. Hast du schon mal in einer Hütte mit Rädern geschlafen?«

»Ich habe solchen Durst … und Hunger!«

»Wir haben noch Essen in der Tasche. Und Wasser gibt es genug. Komm schon, Prinzessin, lächeln …«

»Ich will nach Hause …«

Er seufzte und fuhr weiter, bis wir ganz nah am Stausee waren.

Wir hielten unter einem Baum. Es stand noch ein Auto da und daneben ein Zelt, aber es war niemand zu sehen.

»Warte hier, ich komme gleich wieder.«

Er lief ein bisschen herum, und dann winkte er mich zu sich. Wir zogen unsere Schuhe aus und hielten unsere Füße ins dunkle Wasser, das von den Scheinwerfern unseres Autos angestrahlt wurde.

»Wir haben Glück. Auf dieser Seite des Sees können wir bestimmt bis weit draußen noch stehen.«

»Wollen wir schwimmen gehen?«

»Hast du Lust?«

Kurz darauf hatten wir unsere Badesachen an. Das Wasser ging mir beinahe bis zum Hals. Ich schwamm und ließ mich treiben wie ein Ballon, und dann formte ich mit meinem Körper zwei Buchstaben, die er erraten sollte: Ein »F« und ein »H«, für »Fliegender Hase«.

»Papa, kann ich nicht krank werden, wenn ich dieses Wasser trinke?«

»Nein, nein, trink nur so viel, wie du willst.«

Also machte ich die Augen zu und stellte mir vor, ich würde den ganzen Stausee austrinken. Damit die Fische, Seesterne und Seeigel, die in mir wohnten, wiederbelebt wurden, denn sie waren ebenfalls kurz vorm Verdursten. Ich trank und trank und trank, bis der Durst vorüberging.

Wir trockneten uns mit unseren Badetüchern ab und gingen zurück zu unserer Hütte auf Rädern. Es war zu heiß, um die Türen zuzumachen, deshalb taten wir so, als würden wir auf einer Terrasse zu Abend essen.

Es waren nur noch ein Rest Käsebrot in der Tüte und eine Birne, die nach Ameisen schmeckte. Papa sagte, er hätte keinen Hunger, und bestand darauf, dass ich alles alleine aufaß. Für sich steckte er die Friedenspfeife an.

»Papa, glaubst du, dass die Jäger des Gelben Metalls auch das Territorium der Sterne stehlen werden?«

»Nein, niemals. Es gibt Millionen und Abermillionen von Sternen. Und die Jäger des Gelben Metalls explodieren, wenn sie ihnen zu nahe kommen.«

»*Plack! Pluf!* Gut gemacht!«

Wir betrachteten schweigend den schwarzblauen Himmel, der vom Schein des Feuers angestrahlt wurde.

»Was auch immer um dich herum passiert, hör nie auf zu schweben. Versprochen?«

Ich nickte.

»Sag es mir, Bolota. Es ist nicht dasselbe, wenn du es nicht laut aussprichst.«

Ich schluckte, so schnell ich konnte, das letzte Stück Käsebrot hinunter und antwortete sehr ernst, so als hätte Schwarzer Elch mich eingeladen, die Friedenspfeife mit ihm zu rauchen: »Was auch immer passiert … ich verspreche, dass ich niemals aufhöre zu schweben.«

Kapitel XXV

Kurz vor dem Sommer der Großen Durchquerung der Todeswüste trennten sich die Angehörigen des Stammes endgültig voneinander. Schwarzer Elch zog aus der neuen-alten Wohnung aus und holte mich an den Wochenenden zu sich. Bis zu dem Tag, an dem wir nicht zurückkamen und zusammen zu einer Expedition in die große weite Welt aufbrachen, zum Feuer und zum Mittelpunkt der Erde.

Wenn in meinem Erdkundebuch beschrieben wäre, was mit unserer Familie passierte, würde es etwa so lauten:

»Die tektonischen Platten, die früher einen einzigen Kontinent gebildet hatten, drifteten auseinander, und die Lava brach durch die Erdoberfläche. Daraus entstanden fünf Vulkaninseln, denen die Wissenschaftler die Namen Schwarzer Elch, Blanche,

Fossil, Miss Kitty und Bolota gaben. Die Inseln sind alle unterschiedlich, aber sie haben auch viel gemeinsam:

- Insel Schwarzer Elch: Die größte und instabilste Insel von allen, sowohl unter geologischen Gesichtspunkten (jedes Jahr entfernt sie sich ein bisschen mehr von den anderen) als auch unter klimatischen. Ein einziger Tag kann dort alle vier Jahreszeiten aufweisen, was es schwierig macht, das Wetter vorauszusagen. Einige Orte der Insel sind schwer zugänglich, aber es gibt einfach wundervolle Landschaften. Leider ist das Gebiet durch aktive Vulkane bedroht. Aufgrund der extrem hohen Explosivität besteht die Gefahr, dass die Insel im Meer versinkt, ähnlich wie es bei dem Ausbruch des Krakatau geschah.

- Insel Blanche: Die zweitgrößte Insel wird von starkem Wind und gelegentlichen Taifunen geplagt, die das Leben mancher Arten dort schwierig machen. Sie müssen sehr anpassungsfähig sein, um allen Widrigkeiten zu trotzen. Dennoch ist die Gegend sehr fruchtbar, und alles wächst und gedeiht dort wie von selbst.

- Insel Fossil: Von den drei kleineren Inseln ist sie die einzige, die sich an die Entstehung des Archipels erinnern kann. Es gibt dort Überreste, die auf lebende Spezies aus jüngerer Vergangenheit hinweisen. Die Insel ist felsiger und massiver als die anderen, hat aber ein paar recht instabile Zonen, weshalb bei ihrer Erkundung Vorsicht angeraten ist.

- Insel Kitty (oder Miss Kitty): Auf dieser kleinen Insel gibt es eine erstaunliche Artenvielfalt, sie beherbergt eine immense Anzahl von Tier- und Pflanzenarten. Von großen Meeressäugern bis hin zu filigranen Schmetterlingen – eine Art Arche Noah der Neuzeit, wo bereits ausgestorben geglaubte Arten wie der tasmanische Tiger wiederentdeckt wurden.

- Insel Bolota: Aufgrund ihrer geringen Größe ist sie beinahe eine Zwergeninsel, was sie nicht weniger interessant für die Forschung macht.

Ihre Besonderheit besteht darin, dass sie eine merkwürdige Mischung aus den vier übrigen Inseln darstellt: Auf ihr sind gleichzeitig die klimatische Instabilität der Insel Schwarzer Elch, die fruchtbaren Böden der Insel Blanche, der widerstandsfähige Felsengrund der Insel Fossil und die Artenvielfalt der Insel Kitty vorhanden. Die Forschergemeinde stuft sie als eine wilde Insel ein, als jüngste von allen befindet sie sich noch im Entwicklungsstadium. Es ist zu erwarten, dass sie in den kommenden Jahrzehnten große Umbrüche durchlaufen wird.

Kapitel 26

In dieser Nacht am Stausee träumte ich von Malik.

Ich weiß nicht genau, ob es wirklich ein Traum war, denn als ich aufwachte, schaute ich aus dem Autofenster. Und ich hätte schwören können, dass er da war, in der Erde herumwühlte und an unserer Essenstüte schnüffelte. Seine Augen sahen aus wie brennende Streichhölzer. Kaum hatte er mich erblickt, spitzte er die Ohren und stieß ein zufriedenes Jaulen aus, von dem Papa aufwachte.

»Was war das? Wer ist da?«

Ich wollte ihm erzählen, dass Malik uns wiedergefunden hatte, aber als ich noch einmal hinausschaute, war er verschwunden. Wir sahen das Feuer jetzt direkt vor uns, es kam immer näher und legte sich um den Stausee wie ein brennender Ring.

»Ich habe jemanden rufen gehört«, sagte Papa. »Geh ganz nah ans Ufer, Bolota. Ich bin gleich wieder da, hab keine Angst.«

Er küsste mein Haar, stieg aus dem Auto und verschwand dort, wo sich der Rauch mit der Nacht mischte.

Ich sah ihn nie wieder.

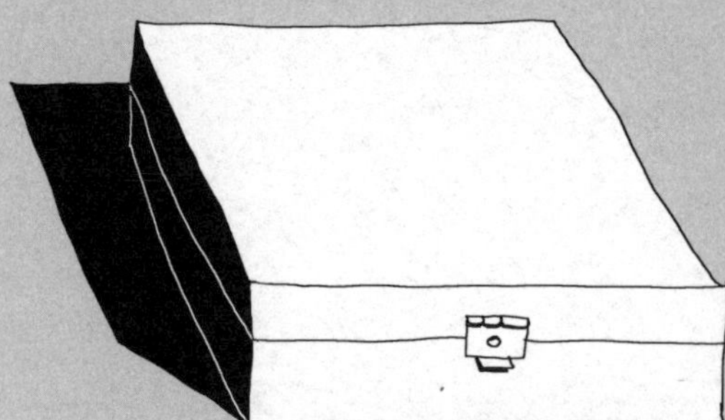

Kapitel XXVII

Es vergingen ein paar Jahre, bis ich verstand, was im Sommer der Großen Durchquerung der Todeswüste mit uns passiert war. Tatsächlich habe ich erst vor kurzem begonnen, es zu begreifen. Und mir ist jetzt klar, dass ich nicht zur falschen Zeit geboren bin: Das ist *meine* Zeit.

Alles geschieht ganz langsam, aber ich spüre, dass meine Gedanken »sich fortwährend ausdehnen, genau wie das Universum«, wie Miss Kitty es ausdrückt. Nicht nur die Gedanken: Mein ganzer Körper dehnt sich aus und entwickelt sich, besonders wenn ich schwimme und ganz bis auf den Grund tauche. Es gibt wenige Dinge, die mich so glücklich machen wie Schwimmen.

»Das wundert mich nicht, schließlich besteht der menschliche Körper zu zwei Dritteln aus Wasser.«

Meine Schwester und ihre ewigen »wissenschaftlichen Erklärungen«.

Nicht alles lässt sich mit Worten erklären.

Ich hörte Blanche immer wieder sagen, dass ich damals »nur ein Kind war und nicht verstehen konnte«. Bis zu dem Tag, an dem sie an meine Zimmertür klopfte – ein Zimmer ganz für mich allein, seit Miss Kitty das Zimmer des Fossils bezogen hatte – und sagte, wir müssten miteinander reden.

»Ich muss dir etwas sehr Wichtiges erzählen.«

Sie setzte sich aufs Bett und öffnete eine Schachtel voller Zeitungsausschnitte und Umschläge mit ausländischen Briefmarken.

»Was ist das?«

»Das ist … ein Teil des Puzzles, das ich nicht zusammensetzen kann. Vielleicht kannst du es ja.«

Erst da erfuhr ich, was in der Nacht bei dem Stausee tatsächlich passiert war. Wie Papa sich auf die Suche nach der verirrten Familie gemacht und den Leuten geholfen hatte, dem Brand zu entfliehen, geführt von irgendeiner geheimnisvollen Kraft, die nur sie sehen konnten. Zumindest stand das so in den Zeitungen.

»Ich weiß bis heute nicht, was ihn dazu gebracht hat, so weit zu gehen«, gestand Blanche. »Ich hatte immer geglaubt, euer Abenteuer wäre zu Ende, wenn das Geld alle wäre.«

Ich nahm einen der vergilbten Ausschnitte und las die Schlagzeile: »Mann rettet australische Touristen, die im Feuer eingekesselt waren.«

Ich fühlte mein Herz schneller schlagen.

»Soll das etwa heißen, Schwarzer Elch war ein Held?«

»Das wüsste ich gern mit Sicherheit, aber ich kann mir einfach nicht vorstellen, dass er sein Leben für jemanden gab. Er war immer so egoistisch …«

»Ein Witzbold?«

Sie schwieg.

»Ich werde dir nicht erzählen, was du glauben sollst. Das ist dein Weg, ganz allein deiner.«

Dann wischte sie sich heimlich eine Träne ab. Sie mochte es nicht, wenn man sie weinen sah.

»Sie schicken uns jedes Jahr zu Weihnachten einen Dankesbrief und fragen, ob wir irgendetwas brauchen. Jetzt kannst du die Briefe lesen.«

»Arbeitet das Fossil deshalb in Australien?«

»Nicht nur deswegen, aber auch. Er lebt gern

dort. Das ist genau sein Territorium … Millionen Jahre alt.«

Dann nahm sie meine Hand und drückte sie ganz fest.

»Wenn du willst, kannst du ihn irgendwann besuchen.«

»Aber es geht mir doch gut hier, und ich darf nicht beim Schwimmtraining fehlen.«

»Das freut mich.«

Sie lächelte kurz, ein halbtrauriges Lächeln. »Hast du immer noch Albträume vom Brand, wie früher, als du noch klein warst?«

»Ich kann mich nicht erinnern …«

»Du kannst dich woran nicht erinnern – an den Brand oder an die Träume?«

»An beides. Es ist vorbei, Mama.«

Und wir umarmten uns, wie wir es schon sehr lange nicht mehr getan hatten.

Bis heute kann ich mich kaum mehr daran erinnern, was sie mir später von der Nacht am Stausee erzählten: Die Ankunft der Feuerwehrleute, die Decke, in die sie mich einwickelten, die Milch, die ich in kleinen Schlückchen trank, das Fossil, wie er im Krankenhaus an meinem Bett saß, Fliegender

Hase auf meinem Kissen, Blanche, die mir erklärte, dass ich jetzt stark sein müsste … all das kommt mir immer noch vor wie ein Traum, verglichen mit dem Anblick Maliks, wie er in der Erde wühlte und zufrieden jaulte.

Wo ich auch hingehe, seine Augen folgen mir und weisen mir den Weg. Bruder Wolf. Mein Bruder Wolf.

Foto: © Paulo Sousa Coelho

Carla Maia de Almeida wurde 1969 in Matosinhos, Portugal, geboren. Sie ist Journalistin, Autorin und Übersetzerin und schreibt u. a. für die Fachzeitschrift für Kinder- und Jugendliteratur LER. Carla Maia de Almeida lebt in Portugal.

Foto: © Enric Vives-Rubio

António Jorge Gonçalves wurde in Lissabon, Portugal, geboren, studierte Graphik-Design in Lissabon und Theater-Design in London. In Lissabon hat er an der Universität Kunst unterrichtet. Seine große Leidenschaft gilt der Graphic Novel, von denen er schon zahlreiche in Portugal, Spanien, Frankreich und Italien veröffentlicht hat. 2014 wurde er mit dem Portugiesischen Staatspreis für Illustration ausgezeichnet.

Weitere Informationen zum Kinder- und Jugendbuchprogramm der S. Fischer Verlage, auch zu E-Book-Ausgaben, gibt es bei *www.fischerverlage.de*